저니맨 김태식 1

설경구 장편 소설

초판 1쇄 찍은 날 § 2017년 8월 17일
초판 1쇄 펴낸 날 § 2017년 8월 24일

지은이 § 설경구
펴낸이 § 서경석

총괄팀장 § 최하나
편집책임 § 이선근

펴낸곳 § 도서출판 청어람
등록번호 § 제387-1999-000006호
등록일자 § 1999. 5. 31
어람번호 § 제1-2747호

주소 § 경기도 부천시 부일로 483번길 40 서경B/D 3F (우) 14640
전화 § 032-656-4452 팩스 § 032-656-4453
http://www.chungeoram.com
E-mail § chungeorambook@daum.net

ISBN 979-11-316-91422-5 04810
ISBN 979-11-316-91421-8 (세트)

설경구 장편소설

FUSION
FANTASTIC
STORY

1

저니맨 김태식

청어람
도서출판

저니맨
김태식

Contents

1. 떠돌이 실패자

저니맨(Journey man): 한 팀에서 오래 머물지 못하고 이 팀 저 팀을 전전하는 선수를 말한다.

〈김태식 ─ 송기훈. 트레이드 성사. 과연 어느 팀이 웃을까?〉

이 트레이드가 나의 길고 긴 여정의 시작이었다.

*　　　　*　　　　*

텅 빈 관중석.

낮 시간에 열리는 퓨처스 리그 경기를 보기 위해서 멀리 떨어진 경기장을 찾아오는 관중들은 많지 않았다.

처음에는 관중들의 함성 소리가 들리지 않는 썰렁한 경기장이 무척 낯설었다.

그렇지만 적응에는 오랜 시간이 걸리지 않았다. 그리고 그라운드가 아닌 더그아웃에서 경기를 지켜보는 것에도 이젠 어느 정도 적응이 됐다.

"오늘도 경기에 나서지 못하는 건가?"

선수 명단에는 포함됐지만, 선발 라인업에는 이름을 올리지 못했다. 그래서 더그아웃에서 경기가 펼쳐지고 있는 그라운드를 응시하던 태식이 슬쩍 눈살을 찌푸렸다.

오늘 경기 마경 스왈로우스의 7번 타자로 출전한 김기회의 타석.

노 볼 투 스트라이크 상황에서 김기회가 원 바운드로 들어온 투수의 유인구에 어이없이 헛스윙을 하며 삼진을 당하는 모습이 보였다.

무기력하기 짝이 없는 플레이.

"스트라이크아웃!"

삼진을 당했음에도 분한 기색도 없이 더그아웃으로 돌아오는 김기회에게 태식이 충고를 건넸다.

"타석에서 무게중심이 너무 앞에 쏠려 있어. 그래서 유인구에 제대로 대처를 못 하는 거야."

"……."

"그리고 공을 좀 더 아껴. 집중력도 높이고."

"네, 알겠습니다. 그런데… 제가 알아서 할게요."

태식이 진심을 담아 충고를 건넸지만, 김기회에게서 돌아온 반응은 시큰둥했다.

'저 자식이?'

그 시큰둥한 반응을 확인한 태식이 슬쩍 미간을 좁혔다.

태식의 나이는 서른일곱.

김기회의 나이는 스물셋.

물론 나이가 많다는 것이 자랑은 아니었다.

서른다섯만 넘어도 환갑이 지났다는 평가를 받는 야구 선수이니 더욱 그랬다.

그렇지만 무려 10년 이상 나이 차가 나는 까마득한 선배가 친절하게 충고를 건넸음에도 불구하고, 그 충고를 받아들이는 김기회의 태도는 너무 무성의했다.

'아직 어려서 그래!'

김기회는 아직 젊었고, 그에게는 앞으로 남은 기회가 많았다. 그래서 경기에 나서고, 타석에 서는 것의 소중함을 아직 모르는 것이었다.

그렇지만 태식의 입장은 달랐다.

야구 선수로서 이미 환갑을 훌쩍 넘겨 버린 태식의 입장에서는 한 경기, 또 한 타석이 무척이나 소중했다.

'이게 다가 아닌가?'

단지 그 이유가 다가 아니란 생각이 퍼뜩 들었다.

'만약 내가 성공했다면? 내가 저니맨이 아니라 국내 프로야구를 대표하는 선수 중 한 명이었다면?'

그랬다면 까마득한 후배인 김기회가 저렇게 건성으로 충고를 흘려들었을 리가 없다는 생각이 들자, 태식의 기분이 착가라앉았다.

'저니맨'이라고 하니 무척 그럴듯해 보이지만, 이 표현의 진짜 의미는 '떠돌이 실패자'였다.

한 팀에 정착하지 못하고 자신의 의지와 상관없이 등 떠밀리듯 다른 팀으로 옮기기를 여러 차례.

'어쩌다가… 이런 신세가 됐지?'

자신의 처량한 신세가 떠올라 답답한 표정을 짓고 있던 태식이 트레이드를 당하던 당시의 기억들을 떠올렸다.

평소와 특별히 다른 점이 없었던 날이었다.

예정됐던 오후 훈련을 마치고 숙소로 돌아가려고 했을 때,

코치님이 손짓을 하며 태식을 불렀다.

"감독님이 찾으신다."

그때까지만 해도 별 의심 없이 감독실로 찾아갔었다.

솔직히 말하면 오히려 기대가 컸다.

최근 들어 선발 라인업에서 제외되는 경우가 잦았는데, 어쩌면 선발 라인업 복귀에 대한 언질을 주실지도 모른다는 생각 때문이었다.

그런데 무척 오래간만에 가까이서 마주하는 감독님의 얼굴에는 미안한 기색이 떠올라 있었다.

그 순간, 불안함이 엄습했다.

"무슨 이유로 찾으셨습니까?"

"네게 통보할 게 있어서 불렀다. 넌 이제부터 대승 원더스 소속 선수가 아니라 중앙 드래곤즈 소속 선수다."

"……?"

"트레이드가 성사됐다는 뜻이야."

처음 그 말을 들었을 때는 잘 이해가 가지 않았다.

한참 만에야 감독님의 말씀에 담긴 의미를 깨달았을 때는 머릿속으로 아무런 생각도 이어지지 않았다.

마른하늘에 날벼락.

그 상황에 딱 어울리는 표현이었다.

프로야구 선수가 된 후, 팀의 프랜차이즈 스타가 되는 것을 막연하게 꿈꿨다. 그래서 한 번도 대승 원더스를 떠나서 다른 팀에서 뛴다는 생각은 해본 적이 없었는데.

막상 트레이드가 현실로 닥치자, 제대로 갈피를 잡기 힘들었다.

"네게 좋은 기회가 될 수도 있어. 그러니 너무 서운해하지 마라."

감독님은 위로의 말을 건넸지만, 제대로 귀에 들어오지도 않았다.

어쨌든, 그 후로는 일사천리였다.

짐을 대충 챙겨서 기차를 탔다. 그리고 정신을 차려 보니 어느새 낯선 중앙 드래곤즈 유니폼을 입고 있었다.

"이건 너무하잖아."

자신과 어떤 상의도 없이 구단에서 일방적으로 트레이드를 진행했다는 사실이 무척 서운했다.

해서 한동안 원망하는 마음도 가졌다.

그렇지만 그로부터 머지않아 알게 됐다.

태식이 경험했던 생애 첫 번째 트레이드에는 나름 많은 배려가 담겨 있었던 것이라는 사실을.

<중앙 드래곤즈와 삼산 치타스. 김태식과 황주영의 1 : 1 트레이드 합의>

두 번째 트레이드 소식은 감독님의 통보가 아닌 신문 기사를 통해서 먼저 접했다.

감독님과 얼굴을 대면하고 트레이드 통보를 받는 것과 신문 기사를 통해서 트레이드 소식을 접하는 것의 차이는 무척 컸다.

지독한 배신감이 느껴졌다.

신문을 들고 있던 손이 덜덜 떨릴 지경이었다.

어렵게 친분을 쌓은 팀 동료들과 제대로 인사를 할 시간도 주어지지 않았다.

이번에도 짐을 대충 싸기 바쁘게 쫓겨나듯 기차에 올랐다.

그렇게 삼산 치타스의 줄무늬 유니폼을 처음 입던 날, 태식은 피가 날 정도로 입술을 꽉 깨물었다.

"날 떠나보낸 걸 후회하게 만들어주마."

자신의 가치를 알아보지 못하고 트레이드를 단행한 두 구단을 후회하게 만들어주고 싶었다.

태식은 독기를 품었지만, 세상은 마음먹은 대로 굴러가지 않았다.

<삼산 치타스와 교연 피콕스. 윤석민과 공현석이 포함된 대형 트레이드 합의>

세 번째 트레이드 소식도 기사로 먼저 접했다.

두 번째 트레이드 때와 또 달라진 점은 기사의 제목에 태식의 이름이 등장하지 않았다는 것이었다.

팬들과 야구 관계자들의 관심은 당시 스타플레이어였던 윤석민과 공현석, 두 선수에게만 쏠렸다.

기사 중간에 태식의 이름이 슬쩍 등장하긴 했지만, 별 관심을 끌지 못했다.

네 번째, 다섯 번째, 그리고 여섯 번째 트레이드.

트레이드를 당하는 횟수가 늘어날수록, 팬들의 관심은 점점 멀어져 갔다.

그리고 이제는 마경 스왈로우스 소속이라는 사실조차 알지 못하는 팬들이 대부분인 것이 태식의 현주소였다.

야구가 정말 좋았다.

그래서 야구를 진짜 잘하고 싶었는데.

그건 뜻대로 되지 않았다.

잦은 부상과 긴 슬럼프, 점점 많아지는 나이까지.

성공과는 거리가 한참 멀었던 자신의 야구 인생을 떠올리던 태식이 한숨을 내쉬었을 때였다.

"선배님."

"응?"

"기회 저 녀석은 자기가 알아서 잘할 테니까, 선배님 앞가림이나 잘하세요."

얼마 전까지 1군에서 경기를 뛰다가 사타구니 부상을 당해 잠시 2군에 머물고 있는 양준표가 끼어들었다.

비아냥이 섞여 있는 양준표의 말을 듣는 순간, 태식은 머리 꼭대기까지 화가 치밀었다.

양준표가 김기회보다 선배인 것은 맞았다. 그러나 양준표의 나이도 아직 겨우 스물여덟이었다.

나이 차가 무려 10년 가까이 나는 선배의 면전에서 비아냥대는 것은 절대 있어서는 안 될 일이었다.

그렇지만 그런 양준표를 만류하기 위해 나서는 선수는 아무도 없었다. 그리고 그건 감독 이하 코칭스태프들도 마찬가지였다.

마치 아무것도 듣지 못한 사람들처럼 모두 외면한 채 그라운드 쪽으로만 시선을 던지고 있었다.

"야, 양준표."

"왜요?"

"방금 한 말. 무슨 뜻이야?"

"제대로 못 들으셨나 보네. 왜요? 나이가 드셔서 이제 가는 귀까지 먹으셨어요?"

"킥킥."

"크크큭."

더그아웃 곳곳에서 참지 못하고 웃음이 터져 나온 순간, 양준표가 덧붙였다.

"다시 한번 말씀해 드릴 테니까 잘 들으세요. 계속 엔트리에 이름을 올려서 앞길이 구만리인 창창한 젊은 애들 앞길 가로막지 마시고, 이제 그만 은퇴하시는 게 어때요? 제가 보기엔 그게 옳을 것 같은데."

"내가 왜… 은퇴를 해?"

"적당한 때가 됐으니까요."

"……."

"아니, 이미 늦었나?"

태식이 벌겋게 상기된 얼굴로 매섭게 노려보고 있을 때, 양준표가 비웃음을 던지며 덧붙였다.

"더 이상 옮길 팀도 남아 있지 않다는 것이 저니맨인 선배의 야구가 끝났다는 증거 아닙니까?"

*　　　　　*　　　　　*

천수암.

오피스텔 창문에 걸려 있는 현수막이 무척 낯설게 느껴졌다.

일반인들이 모여 사는 오피스텔에 위치한 점집이라니.

인생의 갈림길에 선 자들은 망설이지 말고 찾아오라.

그렇지만 태식은 이상하게 그 현수막에 자꾸 시선이 갔다. 그리고 어느새 오피스텔 입구 쪽으로 걸음을 옮기고 있었다.

마치 뭔가에 홀린 사람처럼 천수암이 위치한 707호 앞에 도착해서 벨을 막 누르려던 태식이 멈칫했다.

"한심하네."

지금껏 단 한 번도 점집을 찾은 적이 없었다. 그리고 뉴스에서 사업을 시작하거나, 자녀의 대학 입시를 앞두고 점집을 찾아가는 중년 여성들의 소식을 접했을 때, 한심하다고 코웃음을 쳤었다.

그런데 그렇게 코웃음을 쳤던 자신이 제 발로 점집에 찾아올 줄이야.

"그래도 여기까지 찾아왔으니, 한번 들어가 볼까?"

―마하반야바라밀다심경.

한참을 망설이다가 벨을 눌렀던 태식이 깜짝 놀랐다.

벨소리가 무척 특이했기 때문이었다.

반야심경이 벨소리로 흘러나올 줄이야.

그렇지만 아직 놀라기에는 일렀다.

사극 드라마에 등장하는 옛날 사람처럼 상투를 쓰고 개량 한복을 입은 남자 점쟁이의 눈빛은 무척 날카로웠다.

군이 비교를 하자면, 9회 말에도 마운드에 올라가서 완봉승을 노리고 있는 에이스의 눈빛 같달까.

"답답하지?"

점쟁이가 불쑥 꺼낸 질문.

물론 답답한 것이 사실이었다.

오죽 답답했으면 점집까지 찾아왔을까.

그렇지만 이상하게 저 말이 위로가 되었다.

자신의 답답한 마음을 누군가 알아준다는 것만으로도 위로가 되는 느낌이었다.

'이래서 아줌마들이 점집에 환장하는 건가?'

태식이 쓰게 웃고 있을 때, 점쟁이가 다시 입을 뗐다.

"그만두지 마."

그 말을 들은 순간, 태식의 입가에서 웃음기가 사라졌다.

천수암을 찾아온 태식이 현재 가장 고민하는 것이 바로 야구를 계속해야 하는가 여부였다. 그런데 상투를 튼 점쟁이는 마치 태식의 마음속으로 들어와 본 것처럼 충고를 건네고 있었다.

"뭘 그만두지 말라는 겁니까?"

"지금 하고 있는 것."

"하지만……."

"관두면 뭘 할 거야?"

"……."

"할 줄 아는 것도 없으면서."

정곡을 찔린 태식이 입을 다물었다.

평생 야구에만 매달렸다.

그런데 갑자기 야구를 그만두면 앞으로 뭘 해야 할지 막막했다.

그렇지만 답답한 마음이 싹 가신 것은 아니었다.

야구 선수 생활을 계속한다고 해도 딱히 희망이 보이지 않았기 때문이었다.

그런 태식의 마음을 읽었을까.

점쟁이가 명령조로 말했다.

"참고 기다려. 대기만성형이니까."

대기만성(大器晩成).

큰 그릇은 늦게 이루어진다는 뜻의 사자성어였다.

다른 직업을 가진 사람이라면 이 얘기를 듣고 기뻐했으리라.

그렇지만 태식은 기뻐할 수 없었다.

그 이유는 태식의 직업이 프로야구 선수였기 때문이다.

나이가 들면 몸의 반응속도가 줄어들게 마련이었다. 그뿐 아니라 체력과 순발력 등도 자연스레 떨어졌다.

그렇게 신체 능력이 급감한 야구 선수의 생명은 끝난 것이나 마찬가지였다.

이미 나이를 서른일곱이나 먹은 프로야구 선수 태식과 대기만성이란 사자성어는 어울리지 않았다.

해서 태식의 표정이 일그러졌을 때, 점쟁이가 말을 더했다.

"곧 귀인(貴人)이 찾아올 거야."

'귀인?'

누굴까?

귀인의 정체가 궁금했지만 점쟁이는 더 설명해 주지 않았다.

"베풀면서 살았네."

"……?"

"덕분에 복받는 거야. 그러니까 앞으로도 베풀면서 살아."

'내가… 베풀면서 살았다고?'

태식이 슬쩍 눈살을 찌푸렸다.

생존 경쟁, 그리고 미래에 대한 두려움 때문에 지금까지 살아오면서 주변을 돌아볼 여유가 전혀 없었다.

그러니 베풀면서 살 여유도 당연히 없었다.

그래서일까.

점쟁이에 대한 신뢰가 바닥으로 추락한 순간, 그는 더 할 말이 없다는 듯 어서 나가라고 손짓했다.

"아까운 시간만 허비했네."

투덜거리며 오피스텔 로비를 가로지르던 태식이 두 눈을 치켜떴다.

"어? 여긴 왜 오신 거지?"

낯익은 남자가 오피스텔 정문으로 들어오는 것이 보였다.

굳이 몸을 숨기거나 할 필요도 없었다. 수심이 가득한 표정의 남자는 주변을 살필 여유도 없는 듯 땅만 바라보며 걷고 있었다.

그 남자가 탄 엘리베이터가 오피스텔 7층에서 멈추는 것을 확인한 태식이 희미한 웃음을 머금었다.

"나만 고민이 있는 건 아니구나."

오피스텔을 빠져나가던 태식이 혼잣말을 꺼냈다.

"신빨 떨어졌다고 미리 얘기해 줄 걸 그랬나. 아까운 복채만 날리시겠네."

〈초고교급 유망주 김태식, 대승 원더스의 품에 안기다〉

아직까지도 생생히 기억이 났다.

비록 스포츠 신문 1면이 아니라 3면이었지만, 태식의 대승 원더스 입단 소식은 신문에 큼지막하게 실렸다.

신인 드래프트 1라운드에서 대승 원더스 팀의 지명을 받았던 태식은 팬들의 관심을 집중시키며 입단했던 유망주였다.

계약금만 무려 2억.

그 당시에 계약금으로 2억을 제시했던 것이 태식에 대한 구단의 기대치를 알려주는 증거였다.

"그때가… 좋았지."

대승 원더스 입단이 확정됐을 때만 해도 꼭 꿈길을 걷는 느낌이었다.

당시 태식이 세운 목표는 세 가지였다.

첫째는 골든 글러브 수상.

둘째는 억대 연봉.

셋째는 프랜차이즈 스타가 되는 것.

어느 것 하나 쉬운 목표들은 아니었지만, 당시의 태식은 이 목표들을 이루어낼 자신감이 있었다.

그렇지만 막상 부딪혀 보니 프로의 벽은 높았다.

고교를 졸업하자마자 프로 무대에 뛰어든 태식은 이 세 가지 목표 가운데 어느 것 하나도 이루지 못했다.

골든 글러브 수상은커녕 후보에조차도 오른 적이 없었고, 억대 연봉을 받아서 힘겹게 자신의 뒷바라지를 해주신 부모님을 호강시켜 드리겠다는 목표도 달성하지 못했다.

그리고.

"프랜차이즈 스타가 아니라… 저니맨이 됐지."

태식의 나이도 벌써 서른일곱.

야구 선수로서 환갑이 훌쩍 지나 버린 지금, 태식은 대승 원더스 소속이 아니라 마경 스왈로우스 소속이었다. 그리고 대승 원더스에서 현재 몸담고 있는 마경 스왈로우스로 적을 옮기는 사이에 거쳤던 팀들의 수는 무려 다섯이었다.

프로 생활 15년간 적을 두었던 팀만 총 일곱 군데.

태식은 프랜차이즈 스타가 아니라, 저니맨의 대명사가 됐다.

그리고 저니맨으로서 태식의 여정(?)은 이제 종착역에 거의 다다라 있었다.

"쓰네."

시장통에 위치한 족발 가게.

홀로 앉아서 차갑게 식어버린 족발을 안주 삼아 소주잔을 기울이던 태식이 미간을 찌푸렸다.

우울한 기분 탓일까.

오늘따라 소주가 유난히 쓰게 느껴졌다.

"이제… 내가 뛸 자리는 없는 거겠지."

오늘 낮에 열렸던 퓨처스 리그 경기.

경기는 종반까지 팽팽하게 진행됐고, 한 점 뒤진 채로 9회 말에 접어든 마경 스왈로우스 팀에 마지막 기회가 찾아왔다.

9회 말 2사 만루 찬스.

짧은 안타 하나만 나와도 끝내기가 될 수 있는 상황이었다.

대타자로 나가고 싶었다.

타석에서 끝내기 안타를 쳐내며 선수 김태식이 아직 끝나지 않았다는 것을 보란 듯이 증명해 보이고 싶었다.

해서 마경 스왈로우스 2군 감독인 신용섭과 시선이 마주쳤을 때, 태식은 강렬한 눈빛을 던졌다.

그렇지만 신용섭은 태식을 대타 요원으로 선택하지 않았다.

마치 투명인간 취급하듯이 태식의 강렬한 시선을 가볍게 외면했다.

그 순간, 태식은 확실히 깨달았다.

마경 스왈로우스 팀의 2군에도 더 이상 자신의 자리가 없다는 사실을.

"왜 저런 쓸모없는 폐물이 더그아웃에 앉아 있는 거야? 저 폐물 때문에 엔트리가 하나 날아갔잖아."

신용섭 감독은 무심하기 짝이 없는 시선으로 이렇게 질책하고 있었다.

"그래도… 기록은 하나 남겼네."

소주병을 들어 비어버린 잔을 다시 채우던 태식이 쓰게 웃었다.

저니맨.

그것도 보통 저니맨이 아니었다.

프로 선수 생활을 하는 동안 무려 7번이나 팀을 옮긴 선수는 KBO 리그 역사상 두 명뿐이었다.

정일훈, 그리고 김태식.

태식보다 먼저 저니맨 생활을 했던 정일훈은 이미 소리 소문 없이 현역에서 은퇴한 상황이었다.

그러니 현역 선수로는 태식이 유일했다.

"이대로 끝이구나."

저니맨으로 살아가는 동안 유일한 위안거리는 아직 나를 필요로 하는 팀이 있구나, 라는 것이었다.

그렇지만 이제는 그 위안조차도 통하지 않았다.

아무도 찾지 않고 필요로 하지 않는 가운데, 쓸쓸히 그라운드를 떠나야 할 위기의 순간이 마침내 찾아왔기 때문이다.

"나는… 최선을 다했던가?"

벌컥벌컥.

소주잔이 너무 작았다.

잔에 채워진 적은 양의 술로는 울적한 기분이 달래지지 않았기에 태식이 술병을 들어 입으로 가져갔다.

나름대로 열심히 노력했다. 그렇지만 이제 와 돌이켜 보니, 짙은 아쉬움과 후회만이 남았다.

패배자.

떠돌이.

후회로 점철된 삶.

"다시… 돌아가고 싶다."

이대로 선수 생활을 끝내기에는 너무 억울했다.

해서 가장 좋았던 시절로 다시 한번 돌아가고 싶다는 욕심이 생겼다.

물론 불가능한 일이라는 것쯤은 알고 있었다.

그렇지만 술기운 탓일까.

한 번만, 딱 한 번만 기회가 다시 주어졌으면 하는 바람이 자꾸 깃드는 것은 어쩔 수 없었다.

"전에 읽었던 소설처럼 말이지."

얼마 전, 스마트폰으로 읽었던 야구를 소재로 한 웹소설의 줄거리가 태식의 머릿속에 떠올랐다.

실패한 야구 선수.

물론 저니맨은 아니었다.

그렇지만 자신과 마찬가지로 실패한 야구 선수였던 소설 속 주인공에게는 다시 과거로 돌아가는 기회가 주어졌다.

그 웹소설 속의 주인공처럼 자신에게도 한 번만 더 기회가 주어진다면 좋을 텐데.

그럼 진짜 잘할 수 있을 텐데.

소설과 현실은 달랐다.

이것이 헛된 기대일 뿐이라는 것을 누구보다 잘 알고 있는 태식이 쓰디쓴 웃음을 머금었을 때였다.

　스윽.

　한 장의 종이가 태식의 앞에 모습을 드러냈다.

　그 종이를 태식에게 내민 남자가 부탁했다.

　"사인해 주시오."

2. 마지막 기회

'내게 아직 팬이 남아 있었던가?'

사인 요청을 받은 태식이 가장 먼저 떠올린 생각이었다.

잊혀진 선수.

이제는 모두에게 잊힌 존재라고 생각했다.

그런데 아직 자신을 기억해 주고 또 응원해 주는 팬이 남아 있다는 것이 신기하면서도 고마웠다.

그 고마운 팬의 정체를 확인하기 위해 서둘러 고개를 돌렸던 태식의 눈에 초로의 남자가 보였다.

윤기가 자르르 흐르는 백발이 인상적인 초로의 신사.

'예전에 어디서 만났던 적이 있는 걸까?'

왠지 낯이 익다는 생각을 하면서 태식이 물었다.

"저를 아십니까?"

"김태식 선수 아니오?"

"어떻게 저를 아십니까?"

남자는 그 질문에 대답하는 대신, 어서 사인을 해달라며 종이와 펜을 좀 더 앞으로 들이밀었다.

태식이 더 머뭇거리지 않고 펜을 집어 들었다.

'이게 얼마 만에 하는 사인이지?'

사인을 하는 법도 잊어버렸을 정도로 오랜만이었다.

해서 기억을 더듬으면서 신중하게 사인을 마친 순간, 남자가 물었다.

"다시 돌아가고 싶소?"

"네?"

"아까 김태식 선수가 하던 혼잣말을 우연히 들었소."

"……."

"정말 다시 돌아가고 싶소?"

만약 보통 때였다면, 이 황당하기 짝이 없는 대화를 계속 이어나가지 않았으리라.

그렇지만 태식은 이미 소주를 세 병이나 마신 상태였다.

게다가 혼자서 술을 마시다 보니 무척 적적하기도 했고.

"네, 다시 돌아가고 싶습니다."

그래서 대화를 이어나가자 남자가 다시 물었다.

"언제로 돌아가고 싶소?"

아까까지만 해도 그저 막연했었는데.

남자에게서 질문을 받은 순간, 막연하기만 하던 생각이 구체적으로 바뀌기 시작했다.

'언제가 좋을까?'

야구 선수로 막 두각을 드러냈던 중학교 시절?

팀의 에이스이자 4번 타자로 맹활약하며 팀을 전국 대회 준우승으로 이끌었던 고등학교 시절?

신인 드래프트 1순위로 대승 원더스의 지명을 받고 기뻐했던 시절?

마치 귀신에 홀린 사람처럼 자신의 인생에서 가장 좋았던 시절을 떠올리던 태식이 이내 정색하며 고개를 흔들었다.

쓸데없는 짓이라는 생각이 퍼뜩 들었기 때문이었다.

"그 대답을 하기 전에 확인하고 싶은 것이 있습니다."

"무엇이오?"

"만약 내가 돌아가고 싶다고 말하면, 그때로 돌아갈 수 있습니까?"

"물론 불가능하오."

어쩌면 당연한 이야기.

그런데 이상하리만치 아쉬운 마음이 들었다. 그래서 맥이 탁 풀렸을 때, 남자가 한마디를 덧붙였다.

"그러나 절반쯤은 가능하오."

"절반은… 가능하다?"

무슨 뜻일까?

제대로 말뜻을 이해하지 못한 태식이 반쯤 풀린 눈으로 바라보자, 남자가 진지한 표정으로 덧붙였다.

"곧 알게 될 거요."

"……?"

"사인을 했으니까."

'사인을 했다고?'

태식의 의아함이 깊어졌을 때, 남자가 사인을 받았던 종이를 고이 접어서 안주머니에 넣었다.

"좋은 꿈꾸시오."

남자가 돌아섰다.

붙잡을 새도 없이 멀어져 가고 있는 남자의 뒷모습을 바라보던 태식이 다급한 목소리로 물었다.

"당신은 누굽니까?"

"김태식 선수의 팬이오. 그것도 아주 오래된 팬이지. 당신이 다시 그라운드에서 뛰는 모습을 보고 싶어 하는."

"다 좋습니다. 그런데 아까 했던 말씀들은 대체……."

"지금 내가 누군지가 중요한 게 아니오. 진짜 중요한 건 따로 있소."

"······?"

"이게 마지막 기회란 사실을 절대 잊지 마시오."

남자는 그 말을 끝으로 사라졌다.

"마지막 기회?"

멍한 표정으로 그 말을 되뇌던 태식이 남자가 사라진 방향을 바라보다가 고개를 절레절레 흔들었다.

소설은 소설일 뿐이었다.

시간의 흐름을 거슬러 과거로 돌아가는 것은 허구가 뒤섞인 소설이나 영화에서나 가능한 일이었다.

"어지간히 외로웠나 보군."

팀을 옮기는 것은 결코 쉬운 일이 아니었다.

그저 야구를 열심히 하는 것만으로는 모든 문제가 해결되지 않았다.

그 팀의 분위기에 적응해야 하고, 새롭게 옮긴 팀의 선수들과도 어울리기 위해 노력해야 했다.

낯선 환경에 적응하는 것.

태식도 나름대로는 노력했다. 그렇지만 노력만으로는 해결되지 않는 것들이 분명히 존재했다.

눈에 보이지 않는 단단하고 높은 벽은 태식의 적응을 방해

했고, 이제는 태식도 지칠 대로 지친 상태였다.

팀 동료들과 대화가 줄어든 것이 태식이 적응에 실패했다는 증거였다. 그래서 이렇게 혼자 술잔을 기울이고 있는 것이었고.

"이제… 그만둘까?"

무심코 입 밖으로 내뱉은 말로 인해 흠칫했던 태식이 소주병을 향해 손을 뻗었다.

은퇴!

저니맨으로 살아온 여정의 막바지에 다다랐음을 직감한 태식이 다시 술병을 기울이기 시작했다.

번쩍.

잠에서 깨어나 눈을 뜬 순간, 익숙한 방 안 풍경이 가장 먼저 눈에 들어왔다.

평소였다면 이불을 머리에 뒤집어쓰고 다시 잠을 청했으리라.

그렇지만 오늘은 달랐다.

"좋은 꿈꾸시오."

어제 시장통에 위치한 족발 가게에서 우연히 만났던 초로의 신사가 남기고 떠난 당부의 말 덕분일까.

태식은 오랜만에 좋은 꿈을 꾸었다.

신인 드래프트에서 대승 원더스의 지명을 받고 입단했던 시절로 돌아간 태식은 맹활약을 해서 팀을 우승으로 이끌었다.

그 활약을 바탕으로 메이저리그에 진출해서 월드시리즈 무대를 밟았다. 그리고 메이저리그 월드시리즈 무대에서 결승 홈런을 날리며 우승의 주역이 되기까지 했다.

팬들의 열렬한 환호를 받으며 그라운드를 천천히 돌아서 홈 플레이트로 돌아오는 꿈은 마치 현실처럼 생생했다.

'어쩌면?'

그래서 기대가 됐다.

머리맡에 손을 뻗고 이리저리 휘젓자 곧 휴대전화가 손에 잡혔다.

잔뜩 기대를 품은 채 꺼두었던 휴대전화의 전원을 켠 태식의 눈에 액정에 적힌 날짜가 보였다.

"2017년. 그대로네."

휴대전화 액정에 표시된 년도는 2017년이었다.

눈을 비비고 다시 확인해 봐도 마찬가지였다.

"뭘 기대했던 거야?"

소설과 현실은 달랐다.

태식은 기대했던 대로 과거로 다시 돌아가지 못했고, 여전히 고단한 현실 속에 머물러 있었다.

"일어나야지."

기대가 빗나간 것으로 인한 아쉬움 때문일까.

잠이 저 멀리 달아나 버렸다.

일단 물을 마시기 위해서 냉장고 앞으로 걸어가던 태식이 도중에 흠칫하며 멈추었다.

"왜… 머리가 안 아프지?"

어제 혼자서 소주를 네 병 비웠던 것까지 기억이 났다. 그리고 그 후에도 기억을 잃었을 정도로 마셨으니 당연히 숙취가 남아야 정상이었다.

그런데 이상하게 머리가 하나도 아프지 않았고, 갈증도 치밀지 않았다.

몸도 평소에 비해서 훨씬 가벼운 느낌이었고.

"요새 술이 늘었나?"

픽 웃던 태식이 고개를 갸웃했다.

이상한 건 그것만이 아니었다.

방 안의 풍광은 익숙했다.

그렇지만 이상하게 낯설게 느껴졌다.

가구의 배치를 바꾼 것도 아닌데, 방 안의 풍광이 이상하리만치 낯설게 느껴졌던 이유는……

눈 때문이었다.

아침에 잠에서 깨어나 눈을 뜰 때마다 안경이나 렌즈를 끼지 않은 태식의 시야는 흐릿하기만 했다.

그렇지만 지금은 모든 것이 또렷했다.

심지어 냉장고 상단 부분에 붙어 있는 작은 글씨로 적힌 브랜드 명까지 아주 선명하게 보였다.

"어제 렌즈를 안 빼고 잤나?"

고개를 갸웃하던 태식이 냉장고로 향하던 발걸음을 돌려서 욕실로 향했다.

칫솔에 치약을 묻히고 입으로 가져가던 태식이 도중에 손을 내렸다.

욕실 거울에 비친 자신의 얼굴이 낯설었기 때문이다.

거울을 멍하니 바라보던 태식이 믿기지 않는다는 표정으로 중얼거렸다.

"이게… 나야?"

3. 절반의 기적

"정말 이게 나야?"

서른일곱은 적은 나이가 아니었다.

게다가 간밤에 술을 진탕 퍼마셨으니, 얼굴이 푸석해야 정상이었다.

그런데 지금 욕실 속에 비친 태식의 얼굴에는 생기가 넘쳤다.

꼭 20대 초반의 얼굴처럼 느껴진달까.

"족발 효과인가?"

족발에는 피부에 좋은 콜라겐이 다량 함유되어 있다는 기사를 TV에서 얼핏 본 기억이 났다.

그래서 무심코 넘기며 칫솔을 입속으로 가져가던 태식이 다시 칫솔을 내려놓았다.

"얼굴만 좋은 게 아니라… 몸도 좋아졌잖아."

아까 침대에서 일어났을 때, 몸이 무척 가벼운 느낌이 들었다. 그렇지만 그저 기분 탓이거니 하고 생각했었는데.

그게 아니었다.

진짜로 몸이 가벼워져 있었다.

홀러덩.

잠옷 대용으로 입고 있던 흰색 반팔 티셔츠를 아예 벗어 던지고 거울을 살피던 태식의 입이 쩍 벌어졌다.

떡 벌어진 어깨.

구릿빛 피부색.

선명한 식스팩까지.

"이게… 내 몸이라고?"

얼마 전부터 심각하게 은퇴에 대해 고민하고 있었다.

해서 최근 훈련을 게을리했고, 식단 조절도 전혀 하지 않았다.

게다가 술도 자주 마신 탓에 두툼한 뱃살이 자리를 잡고 있었는데.

욕실 거울 속에 비친 태식의 몸에는 뱃살이 전혀 없었다.

대신 선명한 식스팩이 자리 잡고 있었다.

"꼭 고등학교를 졸업했을 무렵의 몸 같잖아."

장밋빛 미래에 대한 환상으로 태식의 인생에서 가장 열심히 운동을 했던 시절이 바로 고등학교 3학년 때였다. 그리고 지금 거울 속에 비친 몸은 이제는 기억조차 가물가물한 당시의 몸과 무척 흡사했다.

"이게 대체… 어떻게 된 일이지?"

뱃살이 사라지고 식스팩이 생긴 것이 다가 아니었다.

둘레가 25인치는 족히 될 정도로 허벅지는 두텁고 단단했다.

그리고.

"이 자식은 또 왜 이래?"

마치 바지를 터뜨릴 것처럼 팽팽하게 부풀어 오른 아랫도리를 확인한 태식이 혀를 내둘렀다.

나이 탓일까.

요즘엔 아침에 일어나도 좀처럼 서지 않던 녀석이었다.

그런데 오늘은 달랐다.

그동안 희미해졌던 자신의 존재감을 되찾기라도 하겠다는 듯, 강렬한 존재감을 선보이고 있었다.

"뭐가… 어떻게 된 거야?"

잠시 뒤, 태식이 두 눈을 부릅떴다.

자신에게 생긴 변화는 이게 다가 아니었다.

"사라졌다?"

가장 큰 변화가 아직 남아 있었다.

그 변화는 바로 수술의 흔적이 사라진 것이었다.

프로 선수가 된 후 갖은 부상에 시달렸다. 그래서 어깨를 비롯한 몸 곳곳에 수술 자국이 남아 있었다.

그런데 지금 거울 속에 비친 몸에는 수술 자국이 사라져 있었다.

"꿈이라도 꾸는 건가?"

멍하니 욕실 거울만 바라보던 태식이 지난밤 족발 가게에서 초로의 남자와 나누었던 대화를 떠올렸다.

"만약 내가 돌아가고 싶다고 말하면, 그때로 돌아갈 수 있습니까?"

"물론 불가능하오. 그러나 절반쯤은 가능하오."

당시에는 그 남자의 말을 헛소리라 여겼다.

해서 깊이 고민하지 않았는데.

"절반쯤은 가능하다? 설마 이런 뜻이었나?"

이제야 비로소 그 말에 담긴 의미를 어렴풋이나마 알 수 있을 것 같았다.

시간의 흐름을 거슬러 과거로 돌아갈 수는 없다. 하지만 신체 나이를 과거로 돌리는 것은 가능하다.

초로의 남자가 던졌던 말에 담긴 진짜 의미였다.

그렇지만 태식은 여전히 믿기 어려웠다.

과거로 돌아가는 것은 불가능했지만, 신체 나이를 과거로 돌리는 것도 불가능하긴 마찬가지였으니까.

그러나 지금 욕실 거울에 비친 자신의 모습이 변화의 증거였다.

서른일곱.

야구 선수로서 환갑을 훌쩍 지났다는 서른일곱의 태식이었는데. 하룻밤 사이에 신체 나이가 스무 살 시절로 돌아가 있었다.

자신의 눈으로 직접 보고 있음에도 믿기 어려운 상황.

그래서 한참을 넋을 놓고 있던 태식이 작게 혼잣말을 중얼거렸다.

"이제 뭘 하지?"

태식이 가장 먼저 한 일은 허벅지를 세게 꼬집는 것이었다.

저절로 '악!' 하는 비명이 흘러나올 정도로 아팠다. 그렇지만 태식은 비명을 지르는 대신 환하게 웃었다.

지금 자신에게 벌어진 일들이 꿈이 아니라는 사실을 확인했기 때문이다.

몰라볼 정도로 달라진 자신의 몸을 감상하면서 샤워를 마친 태식이 서둘러 외출 준비를 했다.

"우선 왜 이런 일이 생겼는지 이유부터 알아내야겠어."

세상에 그냥 벌어지는 일은 없었다.

이런 말도 안 되는 일이 벌어진 데는 그만한 이유가 있을 터.

신체 나이가 젊어진 이유를 알아내기 위해서는 다시 초로의 신사를 만나야 한다는 결론을 내렸다.

해서 코치에게 독감에 걸렸다는 핑계를 대고 훈련에 빠진 태식은, 어제 찾아갔던 시장통 족발 가게로 향했다.

어제처럼 손님이 한 명도 없는 족발 가게에 자리를 잡고 앉아서 일단 족발과 소주를 시켰다.

초로의 신사가 찾아올 때까지 무작정 기다리고 있을 때였다.

"총각!"

"네?"

"어제 왔던 총각, 맞지?"

오십 대 중반 정도로 보이는 주인아주머니가 두 눈을 가늘게 뜬 채 물었다.

"맞는데요."

"진짜 맞아?"

"네. 왜 그러시는데요?"

"그게… 하루 새 너무 많이 달라진 것 같아서."

"어떻게 변했는데요?"

하루 사이 십 년은 젊어진 것처럼 보이리라.

아니, 좀 더 정확히 말하면 17년 정도 젊어진 셈이었다.

그것을 알면서도 태식이 되물었던 이유는 아주머니의 입을 통해서 그 말을 직접 듣고 싶어서였다.

"한 십 년은 젊어진 것 같아. 하마터면 못 알아볼 뻔했어."

"그럴 리가요."

"진짜야. 뭐 좋은 것 먹었어?"

"네."

시장통에서 족발을 팔고 있는 주인아주머니도 여자였다. 그리고 한 살이라도 젊어 보이고 싶어 하는 것은 여자의 본능이었다.

하루 사이에 십 년도 넘게 젊어진 것처럼 보이는 태식의 외모에 관심을 가지는 것이 당연했다.

'사실대로 말하면 믿어줄까?'

태식이 실소를 흘렸다.

자신을 찾아온 팬에게 사인을 해주고 나서 하룻밤 자고 일어났더니 갑자기 17년 전의 몸으로 돌아가 있었다?

이 말을 곧이곧대로 믿어줄 사람이 누가 있을까?

"족발이요."

그래서 태식이 희미한 웃음을 머금은 채 대답하자, 주인아주머니가 실망한 기색을 감추지 않은 채 말했다.

"이상하네."

"뭐가요?"

"난 매일 족발을 먹는데도 왜 젊어지지 않는 거람?"

고개를 갸웃거리고 있는 주인아주머니를 보며 다시 한번 실소를 흘린 태식이 질문을 던졌다.

"아주머니."

"왜? 족발 말고 다른 거 뭐 먹었는지 기억났어?"

"그게 아니라, 혹시 어제 저와 이야기를 나눴던 신사분, 기억하세요?"

"누구? 아, 그 어르신. 알지. 우리 가게 단골이었어."

별 기대를 하지 않고 물었는데.

주인아주머니가 어제 만났던 초로의 신사에 대해서 기억해 낸 순간, 태식이 두 눈을 빛냈다.

"이름은 아세요? 도대체 어떤 분이세요?"

"이름은 몰라. 그렇지만 아주 점잖은 분이셨지. 보자… 그래, 술 드실 때마다 손주 자랑을 참 많이 하셨는데……."

"그런데요?"

"죽었어."

"누가요?"

"손주가 죽었어."

"……?"

"백혈병이었다고 했던 거 같은데. 어쨌든, 그 후로 한동안 발길을 뚝 끊으셨다가 어제 갑자기 불쑥 찾아오셨던 거야."

가슴 아픈 이야기.

그래서 한숨을 내쉬었던 태식이 다시 질문을 던졌다.

"혹시 손자 이름이 뭔지 아세요?"

"그게… 아마 한결이었을 거야."

주인아주머니가 어렵게 기억을 떠올리는 데 성공한 순간, 태식의 눈앞에 한 소년의 얼굴이 떠올랐다.

박한결.

당시 한결이의 나이는 일곱 살이었다.

유난히 하얗던 피부와 무시무시한 병마와의 싸움 중에도 환하게 웃는 모습이 무척 인상적인 소년이었다.

오프 시즌 중에 구단에서 마련했던 소아 환우 돕기 행사에서 태식은 처음으로 한결이를 만났다.

"얼른 나아서 초등학교도 가고, 친구도 많이 만들 거예요. 그리고 나중에 크면 꼭 야구 선수가 될 거예요."

두 눈을 반짝이며 당차게 자신의 꿈을 밝히던 한결이가 안

쓰럽고 가여웠다.

그래서 프론트 직원에게 부탁해 시구를 할 수 있도록 주선해 주었고, 야구 용품과 사인 볼도 잔뜩 챙겨주었다.

또 연락처를 교환해서 가끔씩 문자로 연락도 주고받았고.

왜 그런 호의를 베풀었냐고 물으면 딱히 답하기 어려웠다.

그냥 스무 살 무렵이었던 그때는 아직 순수함이 남아 있었던 게 아닐까 하고 어렴풋이 짐작만 할 뿐이었다.

어쨌든, 그 후로 연락이 점점 뜸해지다가, 언젠가부터 한결이와는 아예 연락이 끊어졌다.

그저 잘 지내겠거니 하고 막연히 생각하고 있었는데.

한결이가 끝내 병마를 이겨내지 못하고 죽었다는 이야기를 전해 듣자 태식은 가슴이 아팠다. 그리고 한결이에 대해 떠올리자 자연스레 한결이의 할아버지도 떠올랐다.

"선생님 덕분에 우리 한결이가 많이 밝아졌습니다. 이 은혜는 절대로, 죽을 때까지 절대로 잊지 않겠습니다."

어떤 대가를 바라고 했던 일이 아니었다. 그리고 특별히 어려운 일도 아니었고, 아주 대단한 일을 해주었던 것도 아니었다.

그렇지만 한결이의 할아버지는 진심으로 고마워했다.

어쨌든, 환갑이 넘은 한결이의 할아버지가 고개까지 숙여 가면서 감사 인사를 하는 것이 부담스러워서 서둘러 그 자리를 피했었는데…….

"낯이 익었던 이유가 있었어."

태식이 혀를 내밀어 바싹 마른 입술을 훑었다.

비로소 이 말도 안 되는 상황에 대해서 조금 이해가 가기 시작했다.

죽은 한결이의 할아버지는 당시에 자신에게 빚을 졌다고 생각했으리라.

그리고 그 빚을 갚기 위해서 어제 자신을 찾아왔던 것이었고.

"하지만 대체 무슨 수로……?"

신체 나이를 예전으로 되돌리는 것은 소설이나 영화 속에서나 일어나는 기적이나 다름없는 일이었다.

대체 어떻게 그런 일이 가능했는가에 대해서 의문을 품었던 태식이 이내 고개를 흔들며 입을 뗐다.

"못 만날 거야."

아마 노인을 다시 만날 수 없을 것이란 생각이 들었다. 그리고 어제 그가 떠나기 전에 남겼던 말이 떠올랐다.

"내가 누군지가 중요한 게 아니오. 진짜 중요한 건 따로 있소. 이게 마지막 기회란 사실을 절대 잊지 마시오."

태식에게 벌어진 일은 말 그대로 기적이나 다름없었다. 그리고 노인이 건넸던 충고는 무척 적절했다.

지금은 어떻게 기적이 자신에게 벌어졌는지에 대한 이유를 알아내기 위해서 찾아 헤맬 때가 아니었다.

기적과 함께 찾아온 마지막 기회를 허투루 흘려 버리지 않기 위해서 필사적으로 노력해야 할 때였다.

쪼르륵.

기분이 묘했다.

무심코 소주병을 들어 잔을 채운 후 입으로 가져가던 태식이 흠칫하며 도중에 술잔을 내려놓았다.

"기적같이 찾아온 마지막 기회를… 절대 놓치지 말자."

운동선수에게 과한 음주는 독이나 마찬가지였다.

그동안은 야구 선수 생활을 곧 그만둔다는 생각에 반쯤 자포자기한 심정으로 술을 마셨었다.

아직 세상 어느 누구도 몰랐지만, 태식의 야구 인생은 다시 원점에서 시작되려 하고 있었다.

"이번에는 성공한다. 그리고……"

주먹을 꽉 움켜쥔 태식이 각오를 다지듯 작게 중얼거렸다.

"다시는 내 뜻과 상관없이 등 떠밀리듯 팀을 옮기지 않겠어. 이제부터 내가 뛸 팀은 내 의지로 선택할 거야."

"다음에 올게요. 아니, 이제 안 올지도 모르겠네요."

소주를 입에 대지도 않고 족발 가게를 빠져나온 태식은 일단 근처의 이동통신사 대리점으로 향했다.

"어서 오세요, 고객님. 뭘 도와드릴까요?"

환대하는 남자 직원에게 태식이 스마트폰을 내밀었다.

"해지해 주세요."

"네?"

"기계를 바꾸려고 합니다."

출시된 지 채 3개월도 되지 않은 최신형 스마트폰.

이동통신사 대리점 직원답게 최신형 스마트폰임을 금세 알아본 직원이 당황한 기색으로 말했다.

"고객님. 지금 사용하고 계시는 스마트폰보다 사양이나 성능이 좋은 스마트폰은 없습니다. 좀 더 시간이 지나고 나서 바꾸시는 게……."

"아니요. 지금 당장 바꿔주세요."

"하지만……."

계속 실랑이를 벌이기도 귀찮았다.

그래서 매장에 전시되어 있는 폰들을 대충 살피던 태식이 손을 뻗어 그중 하나를 가리켰다.

"이걸로 바꿔주세요."

"네? 하지만 이건 스마트폰이 아니라 폴더폰입니다. 주로 나이 드신 어르신들이 쓰시는 효도 폰인데⋯⋯."

"일부러 폴더폰으로 사려는 겁니다."

"진심이십니까?"

태식이 힘차게 고개를 끄덕였다.

큰맘먹고 구입했던 최신형 스마트폰.

아직 할부가 20개월이나 남아 있는 상태였기에, 막상 해지를 하려고 하니 눈물이 앞을 가릴 지경이었다.

그렇지만 태식은 오래 망설이지 않았다.

'프로야구 선수에게 가장 중요한 것 중 하나가 바로⋯ 눈이야!'

예전에는 이 사실을 몰랐다.

언제까지나 좋은 시력이 유지될 것이라는 막연한 생각을 했다.

그래서 제대로 눈 관리를 하지 않았고, 특히 스마트폰을 과하게 사용한 것이 눈에 치명적이었다.

게임을 하고, 영화나 드라마를 보느라 스마트폰을 손에서 떼지 않다 보니 금세 시력이 나빠졌다.

예전에는 양쪽 눈 모두 1.5의 시력이었는데, 현재 태식의 시력은 0.3에 불과했다.

아니, 정정한다.

현재가 아니라 신체 나이가 젊어지기 전에 태식의 시력은 0.3이었다.

지금 태식의 시력은 다시 1.5가 된 상태.

이제부터는 좋아진 시력을 철저하게 관리해야 했다. 그래서 가장 먼저 스마트폰부터 없애려는 것이었고.

"안녕히 가십시오."

떨떠름한 표정의 직원이 하는 인사를 받으며 태식이 밖으로 나왔다.

최신 스마트폰 대신 구식 폴더폰으로 바꾸고 나자, 마치 기다렸다는 듯이 첫 전화가 걸려 왔다.

마경 스왈로우스의 2군 감독인 신용섭에게서 걸려온 전화.

"드디어 때가 된 모양이로군."

잠시 망설이던 태식이 통화 버튼을 눌렀다.

4. 변화의 시작

마경 스왈로우스 2군 감독실.

태식이 택시를 타고 도착했을 때, 신용섭은 술을 마시고 있었다.

발렌타인 17년산.

태식이 노크를 한 후 감독실로 들어서면서 인사를 건네자, 신용섭이 무안할 정도로 빤히 바라보았다.

"너, 얼굴이 왜 그래?"

"네?"

"인터뷰라도 있었어?"

"……?"

"꼭 화장한 것 같은데."

하마터면 실소를 터뜨릴 뻔했던 태식이 꾹 참고 대답했다.

"아닙니다."

"그래? 그런데 야구 선수 피부가 왜 그렇게 좋아? 요새 이런 저런 핑계로 빠지면서 훈련을 제대로 안 해서 그런가?"

고개를 갸웃하던 신용섭이 이내 흥미를 잃고 위스키병을 집어 들었다.

"한잔할래?"

사각 얼음이 둥둥 떠 있는 위스키 잔을 신용섭이 건넸다.

예전이었다면 넙죽 받아 마셨을 터였다.

그렇지만 이제는 아니었다.

"괜찮습니다."

"왜 사양해?"

"술 끊었습니다."

"술을 끊었다고?"

"야구에 집중하기 위해서입니다."

어쩌면 당연한 대답.

태식은 프로야구 선수로서 마땅히 해야 할 대답을 꺼냈지만, 신용섭의 표정은 그다지 밝지 않았다.

오히려 못마땅한 기색을 드러내고 있던 신용섭이 입을 뗐다.

"그러지 말고 이제 그라운드를 떠나는 게 어때?"

"......"

"남은 계약 기간 동안 연봉은 보전해 줄게."

그 제안을 듣는 순간, 태식은 자신의 예감이 틀리지 않았음을 알아챘다.

선수로서 환갑이 훌쩍 지난 서른일곱이라는 많은 나이.

만년 유망주라는 꼬리표를 떼어내지 못한 채 허송세월한 시간들.

1군 무대가 아닌 2군 무대에서도 주전 자리를 꿰차지 못할 정도로 전성기를 지난 실력까지.

이런 제안을 받더라도 이상할 것이 전혀 없었다.

'만약 어제 이런 제안을 받았다면?'

어쩌면 이 제안을 받아들였을 수도 있었다.

태식도 많이 지쳤으니까.

그렇지만 지금은 아니었다.

불과 하루 사이에 자신에게 기적 같은 일이 벌어졌기 때문이다.

"아직은 은퇴를 할 생각이 없습니다."

해서 태식이 단호하게 거절 의사를 밝히자 신용섭의 미간이 더욱 찌푸려졌다.

"너무 욕심이 과한 것 아닌가?"

"욕심이라고 하셨습니까?"

"그래. 어린 선수들 생각도 해줘야지. 네가 엔트리를 차지하고 있기 때문에 기회를 얻지 못하는 어린 선수들이 많아. 그러니 후배들을 위해서, 또 우리 팀을 위해서 대승적인 결단을 내려줘."

신용섭의 일장 연설을 듣던 태식이 코웃음을 쳤다.

'팀을 위한 대승적인 결단?'

웃기는 소리였다.

저니맨으로서 여러 팀을 옮겨 다닌 전력이 있다 보니, 이제는 확실히 알 수 있었다.

팀은 선수를 위해 존재하지 않는다는 것을.

선수가 필요 없다고 판단을 내리면 가차 없이 내치는 곳이 냉정한 프로의 세계.

팀보다는 선수 개인이 우선이었다.

적어도 저니맨의 대명사인 태식의 입장은 그랬다.

'우선 내 가치를 입증해야 해!'

선수로서 이 팀에 필요하다는 자신의 가치를 입증하는 것이 급선무였다. 그리고 태식은 자신의 가치를 증명할 자신이 있었다.

"기회를 주십시오."

"기회?"

"선수로서 제가 아직 쓸모가 있다는 것을 증명할 기회를 주십시오. 경기에 나가고 싶습니다."

태식이 정중하게 부탁했다.

그렇지만 신용섭의 표정은 더욱 일그러졌다.

"기회는 충분히 주어지지 않았나?"

"……."

"그 기회들을 살리지 못했기 때문에 이런 상황에 직면한 거고."

아주 틀린 말은 아니었다.

저니맨으로 살아오면서 여러 차례 기회가 주어졌지만, 태식은 그 기회들을 제대로 살리지 못했다.

그렇지만.

지금은 예전과 달랐다.

만약 다시 기회가 주어지기만 한다면 정말 잘할 자신이 있었다. 그래서 태식이 간절한 시선을 던졌지만, 신용섭은 가볍게 무시했다.

"기어이 욕심을 버리지 않겠다는 뜻이로군."

"이대로 선수 생활을 그만두고 싶지는 않습니다."

"그래. 그렇단 말이지. 일단 알았으니까 이만 나가봐."

명확한 결론이 내려지지 않은 상태로 대화가 마무리됐다.

그렇게 감독실을 빠져나온 태식이 한숨을 내쉬었다.

경기에 나설 기회를 달라고 부탁했지만, 신용섭은 태식의 부탁을 들어주지 않을 가능성이 높았다.

어쩌면 오늘 대화로 인해 악감정을 품고서 앞으로 일부러 경기에 출전시키지 않을 가능성이 컸다.

"어쩌지?"

마음이 조급해졌다.

서른일곱이란 많은 나이 때문에 더욱 그랬다.

그렇지만 태식은 이내 고개를 흔들었다.

"난 서른일곱이 아니라… 이제 스무 살이야."

신체 나이가 스무 살 시절로 돌아온 이상, 너무 조급해할 필요가 없었다.

서두르지 말고 기회가 찾아올 때를 기다려야 했다.

"하나씩, 하나씩."

분명히 언젠가 한 번의 기회는 찾아올 터였다.

지금 태식이 할 일은 다시 찾아올 기회를 놓치지 않기 위해서 차근차근 준비를 하는 것이었다.

"우선은… 공을 던져볼까?"

태식이 아무도 없는 훈련장으로 향했다.

대통령배 전국 대회 준우승.

태식이 몸담았던 영훈 고등학교가 거둔 최고 성적이었다.

영훈 고등학교 에이스이자 4번 타자 김태식.

그 대회에서 펼쳤던 맹활약으로 인해 태식은 큰 주목을 받았다.

야구 명문 대학들의 스카웃 제의가 여러 차례 있었지만, 태식은 그 스카웃 제안들을 모두 뿌리치고 프로행을 선택했다.

그 이유는 어려운 가정 형편 때문이었다.

그렇게 대승 원더스에 입단한 후, 태식은 투수를 선택했다.

태식의 의지도 있었지만, 팀에서도 그것을 원했다.

140㎞ 후반대의 직구를 던지는 좌완 투수.

좌완 파이어볼러는 지옥에서도 데려온다는 말이 괜히 생긴 것이 아니었다.

대승 원더스가 거액의 계약금을 지불한 이유는 태식을 팀의 미래를 이끌 좌완 선발투수로 키우기 위함이었다.

그렇지만 태식은 결국 투수로 성공하지 못했다.

제구 난조, 단조로운 구종, 투구 폼 수정 등등.

여러 가지 이유가 있었지만, 가장 큰 실패의 이유는 부상이었다.

첫 부상은 팔꿈치 통증.

수술대에 올라 팔꿈치 인대 접합 수술을 받고 긴 재활 끝에 돌아왔지만, 또다시 부상에 발목이 잡혔다.

어깨 관절 와순 파열.

팔꿈치와 어깨는 달랐다.

어깨 수술 후에 길고 힘겨운 재활을 거치고 다시 돌아왔지만, 구속이 현저히 줄었다.

130㎞대 중반의 평균 구속.

수술 전에 비해서 약 10㎞ 이상 줄어든 구속으로는 프로 무대에서 뛰는 타자들을 감당할 수 없었다.

그로 인해 태식은 투수가 아닌 타자로 전향했다.

그 후로 단 한 번도 마운드에 선 적이 없었다.

투수에 대한 미련?

물론 미련이 남았다.

그렇지만 현실을 인정하지 않을 수 없었다.

프로에서 살아남기 위해서는 달리 방법이 없었다. 그리고 태식이 야수로 전향한 또 하나의 이유는 두려움 때문이었다.

오랫동안 자신을 괴롭혔던 통증이 태식을 마운드 위에 서는 것을 막고 있었다.

"후우."

다시 마운드 위에 선 태식이 크게 숨을 들이쉬었다.

"이게 얼마만이지?"

제대로 기억도 나지 않을 정도로 오래간만에 선 마운드였다.

그래서 무척 낯설게 느껴졌지만, 마치 고향에 돌아온 것 같은 편안함도 동시에 느껴졌다.

"다시… 던질 수 있을까?"

공을 받아줄 포수도, 타석에 선 타자도, 주심도 없었다.

홀로 마운드 위에 서 있던 태식에게 두려움이 밀려들었다.

지독하게 괴롭혔던 통증이 다시 찾아올까 봐.

잠시 뒤 태식이 입술을 질끈 깨물었다.

"괜찮을 거야."

몸 곳곳에 새겨져 있던 수술 자국이 없어졌다는 것은 부상을 당하기 이전의 몸 상태로 돌아왔다는 것을 의미했다.

아마 더 이상 통증이 느껴지지 않을 터였다.

'어쩌면 다시 예전의 구속을 회복할 수 있지 않을까?'

두려움과 기대가 교차했다.

그렇지만 언제까지 망설이기만 할 수는 없는 노릇.

태식이 왼손에 쥐고 있던 공을 빙글 돌렸다.

까끌한 실밥의 느낌이 좋았다.

마침내 두려움을 떨치고 힘차게 와인드업을 한 태식이 공을 뿌렸다.

슈아악!

공을 받아줄 포수도, 스피드건도 없었다. 그래서 공의 위력이나 제구, 구속을 확인할 방법이 없었다.

그렇지만 태식은 이내 벅찬 감정에 휩싸였다.

찌릿.

벼락을 맞은 것처럼 짜릿한 전율이 전신을 관통했다.

"예전으로… 돌아왔다."

전력으로 공을 던졌음에도 불구하고 어깨와 팔꿈치에서 전혀 통증이 느껴지지 않았다.

그것만으로도 충분히 감격적이고 좋았는데.

비록 스피드건은 없었지만, 태식은 방금 던진 공의 구속이 150㎞를 넘겼음을 직감할 수 있었다.

"나, 김태식이 아직 끝나지 않았다는 것을 보여줄 수 있어."

아무도 없는 훈련장.

다부진 각오를 다지던 태식의 휴대전화가 진동했다.

액정에 떠올라 있는 번호를 확인한 태식의 표정이 무섭게 굳어졌다.

*　　　　　*　　　　　*

택시가 도착하자마자 태식은 튕기듯이 내려서 대학 병원 안으로 뛰어들어 갔다.

엘리베이터가 도착하길 기다릴 여유도 없이 계단을 통해 3층으로 올라간 태식의 눈에 간이 의자에 앉아 계신 어머니가 보였다.

"어머니."

"왔어?"

"아버지는요?"

"괜찮아. 의사 선생님이 고비는 넘겼대."

"다행이네요."

택시를 타고 오면서 가정했던 최악의 상황은 아님을 알아챈 태식이 안도의 한숨을 내쉬며 어머니의 옆에 털썩 주저앉았다.

췌장암.

아버지의 병명이었다.

다행히 말기가 되기 전에 발견했기에 수술은 가능했지만, 암은 괜히 무서운 병이 아니었다.

고령인 데다가 체력이 쇠한 아버지가 오랫동안 이어진 항암 치료를 버텨내는 것은 버거운 일이었다.

이미 여러 차례 생사를 오가는 고비가 찾아왔었고, 오늘도 마찬가지였다.

"태식아."

"네."

"야구, 그만둘래?"

어머니가 조심스럽게 꺼낸 말을 들은 태식이 흠칫했다.

아들이 프로야구 선수라는 것이 유일한 자랑거리였던 어머니다.

그래서 태식을 무척 자랑스러워했는데.

어머니가 먼저 야구를 그만두지 않겠느냐는 말을 꺼낸 것은 이번이 처음이었다.

"왜… 그런 말씀을 하세요?"

"무서워서."

"……?"

"야구 때문에 너무 스트레스를 받다가 너까지 나쁜 병에 걸릴까 봐 걱정이 돼서 그래."

그 말을 듣는 순간, 태식은 울컥했다.

야구를 못해서, 그래서 더 이상 희망이 보이지 않는 것 같으니 야구를 그만두라고 하는 게 아니었다.

혹시나 자식이 잘못될까 봐 걱정된 마음에 이렇게 말하는 것이었다.

'죄송합니다.'

태식의 눈시울이 붉어졌다.

프로야구 선수만 되면 억대 연봉을 받아서 그동안 고생하신 부모님을 호강시켜 드리겠다고 약속했다.

그렇지만 태식은 그 약속을 지키지 못했다.

태식의 나이는 어느덧 서른일곱.

그동안 부모님은 호강과는 거리가 먼 삶을 살아오셨다.

"어머니."

"그래."

"아직 늦은 거 아니죠?"

"응?"

"성공해서 호강시켜 드리겠다고 했던 약속. 지금부터라도 지키고 싶은데. 너무 늦은 거, 아니죠?"

태식의 말이 끝나자, 어머니는 대답 대신 손을 꼭 잡았다.

평생 시장에서 장사를 해오신 어머니의 손은 거칠기 짝이 없었다. 그래서 태식의 눈시울이 더욱 붉어졌을 때, 어머니가 말했다.

"이 어미는 지금까지도 행복했어."

"……."

"아들이 프로야구 선수가 돼서 경기에 나오는 것만 봐도 충분히 행복했어."

"어머니."

차라리 호강시켜 주겠다는 약속을 지키지 못했던 태식에게 원망이라도 했다면 덜 미안했을 텐데.

태식이 터져 나오려는 울음을 억지로 삼키고 있을 때, 어머니가 웃으며 입을 열었다.

"어미가 부탁 하나 해도 될까?"

"야구를 그만두라는 것만 빼고는 뭐든지 들어드릴게요."

"걱정 마. 반대니까."

"네?"

"야구를 계속해. 아들이 야구를 좋아하니까. 그리고 네 아버지가 야구를 하는 아들을 좋아하니까."

"……?"

"네 아버지가 가장 행복해하셨던 때가 언제인지 알아? TV로 야구 중계를 볼 때. 우리 아들이 경기에 나왔을 때였어. 그렇게 무뚝뚝한 네 아버지도 아들이 어쩌다 안타라도 치면 손을 번쩍 들고 소리를 막 질렀어. 친구들한테 아들 자랑하면서 술 한잔 사는 것이 유일한 낙이었고."

"그랬… 어요?"

"오늘 문득 그런 생각이 들었어."

"어떤 생각이요?"

"네 아버지가 아직 안 떠나고 이렇게 버티고 있는 이유가 우리 아들 때문인지도 모른다는 생각. 아들이 경기에 나서서 야구하는 모습을 다시 보고 떠나고 싶어서 저러는 게 아닐까 싶어."

'죄송합니다!'

태식이 피가 날 정도로 입술을 꽉 깨물었다.

그때, 어머니가 말을 이었다.

"그러니까 어미가 아들에게 부탁 좀 하자. 힘들겠지만 계속 야구를 해서 아들이 경기에 나오는 모습을 네 아버지에게 한 번만 더 보여줘. 그래야 네 아버지도 마음 놓고 편히 떠날 수 있을 것 같으니까."

"네, 할게요. 야구 계속할게요."

"아들한테 너무 힘든 부탁해서 미안해."

태식이 힘껏 고개를 저으며 대답했다.

"그런 말씀 마세요. 하나도 안 힘드니까. 그리고 앞으로는 경기에 많이 출전할 거예요. 그럼 아버지가… 아버지가 제가 출전하는 경기를 보시느라 못 떠나시겠죠?"

"그래. 아들 말처럼 됐으면 정말 좋겠네."

상상만으로도 기쁜 걸까.

희미한 웃음을 머금고 있는 어머니를 태식이 꽉 안았다. 그리고 어머니를 꼭 안은 채 태식이 다시 한번 다짐했다.

기적처럼 찾아온 마지막 기회를 놓치지 않겠다고.

그래서 이번에는 예전과 다른 삶을 살 거라고.

*　　　　*　　　　*

아버지의 병실을 지키다가 깜박 잠이 들었다.

잠에서 깼을 때는 이미 아침이 되어 있었다.

눈을 뜨자마자 태식은 일단 셔츠를 들어 올렸다.

식스팩이 여전히 있다는 것과 그 녀석이 여전히 강렬한 존재감을 드러내고 있다는 사실을 확인하고 나서야 안도의 한

숨을 내쉬었다.

하룻밤 더 자고 일어나면, 다시 예전의 모습으로 돌아가 버리지 않을까 하는 걱정을 내심 했었는데.

괜한 걱정이었다.

기적이 벌어진 상황이 바뀌지 않았다는 사실을 확인한 태식이 간이 침상에 누운 채 생각에 잠겼다.

"이제 계획을 짜보자."

기적처럼 찾아온 마지막 기회를 놓치지 않기 위해서는 철저한 계획을 세워야 했다. 그래서 태식은 우선 냉철하게 자신이 처해 있는 상황을 분석하기 시작했다.

"투수로 재기할 수 있을까?"

140㎞대 후반의 직구를 던질 수 있는 좌완 파이어볼러.

다시 예전으로 돌아온 셈이었다. 그리고 긴 시간이 흘렀지만, 여전히 좌완 파이어볼러에 군침을 흘리는 구단들은 많았다.

그렇지만 분명히 다른 점이 존재했다.

크게 두 가지.

우선 태식의 나이였다.

앞날이 창창한 젊은 좌완 파이어볼러와 이미 삼십 대 후반의 좌완 파이어볼러는 차이가 있었다.

아무래도 기대치가 낮을 수밖에 없었다.

게다가 태식은 투수가 아닌 야수로 전향한 지 오래.

투수로서 감을 되찾는 데는 꽤 시간이 걸릴 터였다.

그리고 또 하나.

140㎞대 후반의 직구를 던지던 스무 살 무렵의 태식은 투수로서 실패했었다.

그 실패의 이유는…….

"너무 조급했어."

처음 프로 선수가 됐을 때만 해도 너무 조급했다.

고교 시절에는 140㎞대 후반의 직구 하나만 갖고도 충분히 타자들을 제압할 수 있었는데, 프로 무대는 달랐다.

직구를 던지다가 통타당하는 경우가 늘어나자, 태식은 급하게 여러 가지 구종을 익히기 위해서 매달렸다.

그 조급함이 결국 부상으로 이어졌고.

"이번에는 서두르지 않아."

태식이 지그시 입술을 깨문 채 각오를 다졌다.

5. 파트너

"절대 서두르지 말자."

다시 부상의 염려가 있는 여러 가지 변화구를 익히기 위해 무리하거나 서두를 생각은 없었다.

완벽하게 준비가 끝난 후에야 다시 마운드에 오를 생각이었다. 그리고 이전과는 다르게 투수로서 성공할 자신도 있었다.

예전에는 없었던 경험이 그동안 쌓였으니까.

"일단은 야수로 내 능력은 증명해야 해."

태식의 신체 나이는 스무 살.

분명히 부상 이전의 몸 상태로 돌아왔으니 다시 마운드 위에 서서 공을 던지는 것이 가능해졌다.

그렇지만 이 사실을 알고 있는 사람은 오직 태식 자신뿐이었다.

다른 사람들의 눈에 비친 태식은 여전히 나이를 서른일곱이나 먹은 퇴물이나 다름없는 야구 선수였다.

그런데 갑자기 투수로 전향하겠다고 선언하면 어떻게 될까?

팀에서 방출될 확률이 높았다.

물론 방출되고 나서 다시 다른 팀의 입단 테스트를 받는 것도 방법 가운데 하나였다. 그러나 문제는 태식의 기량이 아니라, 선입견이었다.

나이를 서른일곱이나 먹은 떠돌이 실패자.

게다가 부상 전력까지 있는 상황.

어쩌면 방출되고 난 후에 다른 팀의 입단 테스트 기회조차 얻지 못할 가능성이 높았다.

"선입견과 싸워서 이겨내는 수밖에."

결국 퓨처스 리그에서 눈도장을 찍는 것이 급선무였다.

그런 만큼 지금은 투수가 아닌 야수로 기회를 잡아서 먼저 자신의 가치를 증명해야 했다.

"어떻게 해야 성공할 수 있을까?"

태식이 다시 예전 기억을 더듬었다.

타격 기계.

영훈고 시절 4번 타자였던 태식의 통산 타율은 무려 5할에 육박했다. 그래서 타격 기계라는 별명으로 불린 적도 있었다. 그러나 프로 무대에서 타자로 전향한 후, 태식의 성적은 형편 없었다.

프로 통산 타율이 2할대 초반에 불과했고, 통산 홈런 개수도 채 10개가 되지 않았다.

"체력이 받쳐주지 못했어."

첫 번째 실패 요인은 체력이 형편없었다는 것이었다.

잠깐 타격이 반짝할 때도 있었지만, 이내 슬럼프에 빠졌던 이유는 한 시즌을 치를 체력이 받쳐주지 못했기 때문이다.

"힘도 모자랐고."

똑딱이란 조롱 섞인 별명을 얻었던 이유는 장타력이 부족 했기 때문이었다. 그리고 장타력이 부족했던 이유는 힘이 없 었기 때문이다.

벌크업.

이 문제를 해결할 방법은 결국 웨이트 트레이닝뿐이었다.

"직구를 못 쳤어."

마지막이자 가장 결정적인 타자 태식의 문제는 프로 투수 들의 직구에 적응하지 못했던 것이었다.

고교 시절 투수들의 평균 구속은 130㎞대였다.

그래서 직구에 완벽하게 대응하면서 타격 기계라는 별명까지 얻을 수 있었다.

프로 무대의 투수들은 달랐다.

140㎞대 초반에서 150㎞대 초반의 직구를 던지는 프로 무대의 투수들의 공에 태식은 타이밍을 잡지 못하고 고전했다. 그렇게 직구에 제대로 대응하지 못하니 유인구에 속절없이 당했다.

"직구를 공략하지 못하니, 점점 여유가 없어졌어!"

이제 문제는 대충 찾은 셈이었다.

남은 것은 이 문제들을 해결하기 위해서 본격적으로 움직이는 것이었다.

*　　　　　*　　　　　*

"누가 좋을까?"

태식이 고민에 잠겼다.

혼자서 할 수 있는 것은 한계가 있었다.

그래서 훈련 파트너가 돼줄 조력자가 필요했는데, 마땅한 적임자를 찾기가 힘들었다.

"온통 싹수가 노란 것들뿐이니."

태식이 미간을 찌푸렸다.

야구 선수에게 가장 중요한 것이 야구 실력이라는 점에는 태식도 이견이 없었다.

그렇지만 그에 못지않게 중요한 것이 바로 인성이었다.

현재 마경 스왈로우스 2군에 머물고 있는 선수들 가운데 가장 고참 선수는 태식이었다. 그렇지만 2군의 어린 선수들은 태식에게 제대로 선배 대우를 해주지 않았다.

오히려 무시하고 따돌리기 위해 애썼다.

"이런 싹수없는 놈들에게 도움을 주고 싶지는 않아."

태식이 고민 끝에 선택한 훈련 파트너 후보자는 용덕수였다.

용덕수의 포지션은 포수.

비록 2군 무대에 머무르고 있는 선수들 가운데서도 기량이 떨어지는 편에 속했지만, 태식은 세 가지 이유로 용덕수를 훈련 파트너로 점찍었다.

첫 번째 이유는 인성.

다른 어린 선수들과 달리 용덕수는 팀 내 최고참인 태식에게 깍듯하게 대했다.

특히 숙소를 함께 쓰는 룸메이트이기도 한 용덕수는 태식이 행여 불편하지 않도록 최대한 신경을 쓰며 배려를 하는 편이었다.

두 번째 이유는 가능성.

비록 지금은 전혀 두각을 드러내지 못하고 있었지만, 용덕수는 포수로서 기본기가 탄탄한 편이었다.

함께 훈련을 하면서 몇 가지 문제점만 해결한다면, 금세 1군 무대로 도약할 수 있는 잠재력을 갖고 있었다.

세 번째 이유는 포지션.

용덕수는 수비형 포수였다.

문제는 빈곤하기 짝이 없는 공격력.

만약 공격력만 다시 끌어 올릴 수 있다면 어느 팀에서나 탐을 내는 좋은 포수가 될 수 있었다.

그런 만큼 함께 타격 연습을 하기에 좋은 파트너였다.

또 포지션이 포수이니 만큼 장기적으로는 투수로 전향할 준비를 하는 태식이 던지는 공을 받아줄 수도 있을 것이었고.

그리고 굳이 한 가지 이유를 더 꼽자면…….

용덕수의 입이 무거운 편이라는 것이었다.

마침내 결정을 내린 태식이 훈련이 끝나자마자 용덕수를 데리고 시내에 위치한 고깃집으로 향했다.

*　　　　*　　　　*

"꽃등심 6인분 주세요."

남자 둘이서 찾아와서 6인분을 주문하니 종업원은 놀란 기색이 역력했다. 그렇지만 용덕수만큼은 아니었다.

용덕수도 태식의 연봉이 얼마인지 알고 있었다.

또, 아버지가 암 투병을 하고 있는 태식의 집안 형편이 넉넉지 않다는 사실도 대충 알고 있었고.

그래서일까.

"저기, 선배님."

"왜?"

"괜찮으시겠어요? 여기 비싼데."

용덕수의 시선이 아까 탁자 위에 올려놓은 폴더폰으로 향해 있다는 것을 확인한 태식이 쓴웃음을 머금은 채 대답했다.

"괜찮아."

"하지만……."

"이거 때문에 그래?"

태식이 폴더폰을 들어 올리며 말했다.

"돈이 없어서 폴더폰으로 바꾼 거 아니다. 야구를 잘하려고 바꾼 거야."

"……?"

"순순히 믿기 힘들겠지만 사실이야. 그러니까 돈은 걱정하지 말고 실컷 먹어. 야구 선수는 무조건 잘 먹어야 해. 그래야 훈련도 열심히 할 수 있고, 몸값도 올릴 수 있는 거야."

이건 진심이었다.

솔직히 말하면 태식도 비싼 소고기를 먹는 것은 오래간만이었다.

금전적으로 여유가 없다 보니, 가능하면 숙소에서 나오는 음식이나 가격이 싼 음식들 위주로 먹었다.

그렇지만 지금부터라도 달라지기로 결심했다.

프로 선수는 몸이 곧 재산.

좋은 음식을 먹는 것도 투자였다.

태식의 말이 일리가 있다고 생각해서일까?

고개를 끄덕이고 있는 용덕수를 힐끗 살핀 태식이 웃으며 입을 뗐다.

"그래서 하는 말인데, 소고기 자주 사줄 테니까 내 전담 포수 할래?"

"네?"

"내 전담 포수 하지 않겠느냐고?"

"하지만……."

용덕수가 의아한 시선을 던지며 말끝을 흐렸다.

어쩌면 당연한 반응.

현재 태식은 투수가 아니라 야수였다.

그런데 다짜고짜 전담 포수를 하지 않겠냐고 제안했으니, 용덕수가 의아함을 품는 게 지극히 당연했다.

"농담 아닌데."

"그렇지만 선배님은 어깨 부상을 당하신 이후로……."

"그래. 야수로 전향했지."

"그런데 왜 그런 말씀을……."

"다시 투수를 할 거야."

"……."

"이건 비밀인데 어깨 부상에서 완쾌했거든. 그래서 전담 포수가 필요해. 앞으로 마구를 던질 거거든."

"마구… 요?"

"그래, 마구. 앞으로 내가 던질 마구를 확실히 포구해 줄 수 있는 능력 있는 전담 포수가 필요해."

용덕수가 소처럼 크고 우직해 보이는 두 눈을 연신 껌벅였다.

만약 다른 선수였다면, 헛소리로 치부하거나 자신을 놀린다고 생각해서 발끈하며 자리를 박차고 일어섰으리라.

그렇지만 용덕수는 달랐다.

진지한 표정으로 태식의 이야기에 귀를 기울였다.

그런 용덕수의 반응을 확인한 태식의 입가에 희미한 미소가 걸렸다.

'내가 사람은 잘 봤군!'

용덕수의 가장 큰 장점 중 하나가 바로 이런 순수함이었다.

"진짜 마구를 던질 생각이세요? 아니, 진짜 투수로 전향하실 생각이세요?"

"물론이지. 단, 지금 당장은 아냐."

"그럼 언제?"

"마구를 확실히 익히고 나서 준비를 완벽하게 마쳤을 때 투수로 나설 거야. 그리고 그 전에 해야 할 일이 있어."

"뭔데요?"

"1군으로 올라갈 거야."

"1군으로요?"

"너와 같이."

"저와 같이요?"

용덕수의 두 눈에 떠올라 있던 불신의 빛이 점점 강해졌다. 그렇지만 태식은 무시한 채 한마디를 덧붙였다.

"운 좋은 줄 알아."

"네?"

"넌 땡잡은 거야."

육성 선수.

용덕수의 신분이었다.

신인 드래프트에서 지명을 받지 못하고, 육성 선수 신분으로 마경 스왈로우스 팀에 입단한 지 2년째.

처음 육성 선수가 됐을 때는 좋아하는 야구를 계속할 수 있다는 사실만으로도 충분히 행복했다.

그렇지만 최근 들어 용덕수는 야구를 계속해야 하는가 여부에 대해 심각하게 고민하고 있었다.

'난 성공할 수 있을까?'

하루에도 수십 번씩 같은 질문을 던졌다.

프로 무대에는 재능이 뛰어난 선수들이 많았다. 그 선수들에 비해서 자신의 재능이 부족하다는 것은 인지하고 있었다.

그렇지만 피나는 노력으로 극복할 수 있다고 판단했는데.

이제는 그 판단에 대한 확신이 서지 않았다.

그래서 희망 고문은 그만두고 한 살이라도 젊을 때 다른 길을 찾아볼까 심각하게 고민하고 있던 참이었다.

"1군으로 올라갈 거야. 너와 같이."

김태식이 꺼낸 말은 달콤했다.

잠시나마 귀가 솔깃해졌을 정도로.

그렇지만 문제는 이 말을 한 것이 바로 김태식이라는 점이었다.

저니맨.

떠돌이 실패자.

김태식의 이름 앞에 늘 따라붙는 수식어였다.

그래서일까.

까마득한 선배임에도 불구하고, 마경 스왈로우스 팀 2군에 속한 선수들은 김태식을 무시하기 일쑤였다.

노골적으로 따돌리기도 했고.

그럼에도 불구하고 용덕수는 김태식에게 선배 대접을 깍듯하게 했다.

김태식을 선수로서 존경해서?

김태식이 성공한 선수이기 때문에?

둘 다 아니었다.

용덕수가 김태식에게 깍듯이 선배 대접을 한 진짜 이유는…….

측은해서였다.

아무도 주시하지 않는 가운데 쓸쓸하게 선수 생활을 마감할 김태식에게 연민의 감정이 생겼다.

게다가 용덕수 역시 머잖아 비슷한 처지가 될 확률이 높았기에 더욱 남의 일처럼 느껴지지 않았다.

해서 일부러 더 잘 챙겨주었던 것이다.

'저러니까 무시를 당하는 거지.'

용덕수가 한숨을 내쉬었다.

김태식은 현실감각이 없었다.

어깨 부상을 당해서 투수를 그만두었음에도 불구하고, 다시 마운드에 서겠다는 의지를 피력했다.

그것도 마구를 던지겠다는 황당하기 짝이 없는 말과 함께.

그뿐이 아니었다.

은퇴가 코앞으로 닥쳤음에도 불구하고, 1군으로 올라가겠다고 선언했다.

그것도 혼자가 아니라 오지랖 넓게 자신과 함께.

"운 좋은 줄 알아. 넌 땡잡은 거야."

김태식은 아까 땡잡은 거라고 자신 있게 말했지만, 용덕수의 생각은 달랐다.

땡잡은 게 아니라, 똥 밟은 느낌이었다.

'혹시 정신줄을 놓은 게 아닐까?'

오죽하면 이런 생각까지 들었을까?

아직 김태식의 나이는 젊은 편이였지만, 프로야구 선수는 스트레스가 극심한 직업 중 하나였다.

특히 잘 안 풀리는 경우라면 더욱 그랬다.

해서 걱정 어린 표정으로 바라보던 용덕수가 한숨을 내쉬었다.

입맛이 싹 사라졌다.

마블링이 예쁘게 피어 있는 꽃등심이 앞에 잔뜩 쌓여 있었지만, 전혀 식욕이 솟아나지 않았다.

그래서 용덕수가 젓가락으로 밑반찬을 깨작이고 있을 때

였다.

"못 믿겠지?"

"네?"

"널 탓하는 게 아냐. 내가 네 입장이라도 못 믿었을 테니까. 어떻게 한다? 그럼 이렇게 하는 게 어떨까?"

"……?"

"내가 던지는 공을 한번 직접 받아보는 거야."

"선배님이 던지는 공을요?"

"그래, 나머지 이야기는 그다음에 계속하자고."

용덕수가 가타부타 말을 꺼낼 틈도 주지 않고 김태식이 자리에서 일어났다.

"기대해도 좋아."

김태식이 한마디를 덧붙였지만, 용덕수는 속으로 생각했다.

'그래. 기왕 밟은 똥, 내가 확실히 밟아준다.'

*　　　　　*　　　　　*

백 마디 말보다 한 번 행동으로 보여주는 게 나을 때가 있는 법이었다.

불신이 가득한 시선을 던지고 있는 용덕수에게 자신의 말이 허언이 아님을 믿게 만들기 위해서는 이 방법이 최선이었다.

태식이 공을 던지기 전에 신중하게 스트레칭을 시작했다.

지루한 기색이 역력한 용덕수를 확인한 태식이 충고를 건넸다.

"아직 젊어서 스트레칭의 중요성을 모르겠지?"

"네? 네."

"부상 한 번도 안 당해봤지?"

"네."

"명심해. 부상은 불시에 찾아오는 법이야. 불의의 부상을 방지하기 위해서는 스트레칭이 무척 중요해."

"네, 알겠습니다."

용덕수가 건성으로 대답하는 것을 들은 태식이 쓴웃음을 머금었다.

선수 생활을 하는 동안 잦은 부상에 시달렸던 태식이었다.

아니, 부상을 달고 살았다고 해도 과언이 아니었다.

그런 주제에 부상을 당하지 않는 법에 대해 장황하게 일장 연설을 늘어놓았으니, 용덕수가 제대로 귀담아들을 리 없었다.

"공 다섯 개만 던진다."

역시 말보다는 행동으로 보여줘야 한다는 결론을 내린 태식이 스트레칭을 마치고 마운드 위에 섰다.

포수 마스크도 쓰지 않은 채 마뜩잖은 기색으로 앉아 있는 용덕수를 힐끗 살핀 태식이 첫 번째 공을 던졌다.

슈아악. 퍼억.

묵직한 소리와 함께 용덕수의 글러브 속으로 공이 빨려 들어갔다.

그 순간, 용덕수의 표정이 급변했다.

'공이 여기까지 날아오기나 하겠어?'

이렇게 얕보던 표정이 싹 사라졌다.

마치 넋이 나간 사람처럼 멍한 표정으로 그 자리에 앉아 있었다.

"덕수야!"

"……?"

"덕수야. 내 말 안 들려?"

"네? 네, 선배님."

몇 번을 부른 후에야 정신을 차린 용덕수가 자신을 빤히 바라보고 있었다.

그런 반응이 흡족해서 태식이 웃으며 물었다.

"공 안 돌려줄 거야?"

"네? 아, 네."

"자, 또 간다."

2구, 3구, 그리고 4구.

미리 약속했던 다섯 개의 공 가운데 네 개의 공을 던졌다.

모두 직구.

그제야 어느 정도 정신을 차린 용덕수가 간신히 입을 뗐다.

"선배님."

"말해."

"진짜… 어깨 부상에서 완쾌한 겁니까?"

"아까 말했잖아. 이제 믿겠어?"

용덕수가 힘차게 고개를 끄덕였다.

좀 전까지 용덕수의 두 눈에 깃들어 있던 불신의 감정이 완전히 사라진 것을 확인한 태식이 웃으며 물었다.

"내 공, 어때?"

"죽입니다. 선배님."

"이제야 다시 용덕수로 돌아왔네."

"네?"

"선배님 소리에 진심이 담겨 있거든."

태식이 웃으며 말하자, 용덕수의 얼굴이 벌겋게 달아올랐다.

"진짜 공이 끝내줍니다. 제가 받아본 공들 중에 최고입니다."

"아직 끝이 아냐."

"네?"

"마구를 던질 거라고 했잖아."

마구.

그냥 막 던졌던 말이 아니었다.

기적이 벌어지면서 다시 마운드에 설 수 있다는 것을 깨닫게 된 순간, 태식은 속으로 다짐했다.

어떤 타자도 쳐내지 못할 마구를 던지겠다고.

그 정도는 해야 자신에게 일어난 기적에 걸맞을 것 같았기 때문이었다.

용덕수의 반응은 공을 받기 전과 확연히 달랐다.

진짜 마구를 기대하는 걸까.

잔뜩 긴장한 기색으로 포수석에 앉아 있었다.

"자, 간다."

빙글.

힘차게 와인드업을 한 태식의 손에서 공이 떠났다.

슈아악! 퍽!

이전 공들과 소리는 비슷했다.

그렇지만 다른 점이 하나 있었다.

방금 태식의 손을 떠난 공이 용덕수가 내밀었던 글러브 속으로 빨려 들어가지 않았다는 것이다.

공은 글러브가 아닌 용덕수가 가슴에 차고 있던 보호대를 때리고 난 후 바닥에 떨어져서 굴렀다.

충격이 커서일까?

앞으로 몸을 숙인 채 힘겹게 숨을 몰아쉬는 용덕수에게 태식이 달려갔다.

"괜찮아?"

"선배… 님."

"괜찮냐고?"

"이게 아까 말씀하셨던 마구… 인가요?"

고통 때문에 인상을 잔뜩 찌푸리고 있었지만 용덕수는 대답하는 대신 질문을 던졌다.

"아냐."

"마구가 아니라고요?"

"맛보기야."

"맛보기?"

"진짜 마구는 더 대단할 거야."

용덕수의 두 눈이 기대로 물든 순간, 태식이 덧붙였다.

"이제 내가 왜 전담 포수가 필요하다고 말했는지 알겠어?"

"네, 선배님."

"그러니까 같이하자."

"……?"

"내가 다시 마운드에 서서 이 마구를 던질 때, 네가 이 공을 받으라고."

"영광입니다, 선배님."

공 다섯 개.

용덕수의 마음을 얻는 데는 공 다섯 개면 충분했다.

흥분한 기색이 역력한 용덕수를 웃으며 바라보던 태식이 다시 입을 뗐다.

"덕수야."

"네, 선배님."

"앞으로 그냥 형이라고 불러."

"네, 하지만……."

"왜? 형이 아니라 삼촌 같아?"

"아, 아닙니다."

"그렇지? 그럼 이제부터 형이라고 불러."

"알겠습니다. 선배… 아니, 형님, 아니, 형."

몇 번의 시행착오 끝에 마침내 형이라고 부르는 데 성공한 용덕수의 어깨를 툭 치며 태식이 덧붙였다.

"우리, 오래가자."

6. 훈련 돌입

용덕수가 침대에 누워 잠을 청했다.

눈을 감고 잠을 청한 지 한참.

그렇지만 쉬이 잠들지 못하고 이리저리 뒤척였다. 지금 용덕수가 쉽게 잠을 이루지 못한 이유는 두 가지였다.

우선 코 고는 소리.

룸메이트인 태식 선배는 코를 심하게 고는 편이었다.

기차 화통을 삶아 먹은 듯 심한 코 고는 소리로 인해서 초반에는 힘들었다. 그렇지만 적응에는 오랜 시간이 걸리지 않았다.

최근에는 태식 선배의 코 고는 소리가 자장가처럼 들릴 정도였는다.

"잠을 잘 자는 것도 프로야구 선수가 갖춰야 할 능력 중 하나야."

잠들기 전 충고를 건넸던 태식 선배는 그 충고대로 이미 진 즉에 꿈나라로 향해 있었다.

그런데 평소와는 달랐다.

새근. 새근.

심하게 코를 고는 대신에 신생아처럼 새근거리는 평온한 숨소리만이 흘러나왔다.

자장가(?)가 사라지자 허전함이 밀려들었다.

그 허전함이 용덕수가 쉽게 잠을 이루지 못하는 이유 중 하나였다.

"왜 코를 골지 않으시지?"

결국 침대에서 몸을 일으킨 용덕수가 곤히 잠든 태식 선배를 바라보았다.

"변했네."

불과 하루 사이에 태식 선배는 무척 많이 변해 있었다.

"그러고 보니… 뱃살이 사라졌어."

뜀박질을 할 때 출렁일 정도로 뱃살이 꽤 많이 나와 있었던 태식 선배였는데.

오늘 유심히 살펴보니 뱃살이 흔적도 없이 사라져 있었다. 그래서 더 이상 코도 골지 않는 것이었고.

"그동안 다이어트를 하셨던 건가?"

고개를 갸웃한 용덕수가 아까 자신이 받았던 태식 선배의 공을 떠올렸다.

마구!

용덕수가 쉽게 잠을 이루지 못하는 또 하나의 이유는 태식 선배가 던졌던 공들 때문이었다.

태식 선배가 던진 공은 다섯 개가 전부였다.

그렇지만 다섯 개의 공만으로도 자신을 놀래게 만들기에 충분했다.

구속이 150km에 육박하는 직구는 좋았다.

단지 구속만 빠른 것이 아니라, 묵직하기도 했다.

과연 어깨 부상을 당해서 투수에서 타자로 전향한 것이 사실인가 하는 의문이 깃들었을 정도로.

하지만 용덕수를 진짜 놀라게 한 것은 마지막으로 던졌던 마구였다.

"직구처럼 들어오다가… 갑자기 공이 흔들렸어."

잠을 청하기 위해서 눈을 감았지만, 자꾸 그 공이 떠올랐다.

분명히 직구처럼 들어오던 공이었는데, 홈 플레이트를 통과하는 순간에 갑자기 공이 흔들렸다.

자신이 제대로 공을 포구하는 데 실패했을 정도로 급격하게 흔들리며 홈 플레이트를 통과했다.

말 그대로 마구.

용덕수가 단 한 번도 경험해 보지 못했던 공이었다.

"맛보기야."

그 공의 위력만으로도 충분히 놀라웠는데.

태식 선배는 이건 맛보기일 뿐이라고 말했다. 그리고 진짜 마구는 훨씬 대단할 거라고 단언했다.

"얼마나 대단할까?"

벌써부터 기대가 됐다.

용덕수 자신이 포수이기 때문에 더욱 기대가 컸다. 그리고 당연하다는 듯이 태식 선배가 했던 말이 떠올랐다.

"이제 내가 왜 전담 포수가 필요하다고 말했는지 알겠어? 그러니까 같이하자. 내가 다시 마운드에 서서 이 마구를 던질 때, 네가 이 공을 받으라고."

"운 좋은 줄 알아. 넌 땡잡은 거야."

이 말을 태식 선배에게 들었을 때만 해도 속으로 비웃었다.

그런데 지금은 생각이 바뀌었다.

'만약 태식 선배의 전담 포수가 된다면?'

육성 선수로 프로야구 선수가 됐지만, 용덕수는 항상 불안했다.

육성 선수는 언제 해고될지 모르는 계약직이나 마찬가지였기 때문이었다.

해서 1군 무대에 올라가는 것은 요원한 것처럼 느껴졌는데.

만약 태식 선배가 재기에 성공한다면, 자신 역시 태식 선배와 함께 1군 무대로 올라갈 수 있을 것이란 희망이 생겼다.

"진짜… 땡잡은 건가?"

용덕수가 기대에 찬 시선을 던졌다.

결국 거의 뜬눈으로 밤을 지새운 용덕수는 태식 선배가 일어나자마자 다부진 각오를 밝혔다.

"선배님의 전담 포수가 돼서 선배님께 누를 끼치지 않도록 최선을 다하겠습니다."

"그래? 고맙네."

"그럼 다시 투수로 전향하시는 거죠?"

"아니."

용덕수가 의아한 시선을 던졌다.

구속이 150㎞에 육박하는 직구를 뿌리는 좌완 파이어볼러.

게다가 아직 미완성이기는 하지만, 마구까지 장착한 상태였다.

지금 당장 1군 무대에 올라가서 선발투수로 나선다고 해도 10승 이상은 충분히 올릴 수 있을 것이라는 판단이 들었는데.

태식 선배는 당장 투수로 전향하지 않는다고 선언했다.

"왜요?"

"나이가 많거든."

"……?"

"반쪽짜리 선수가 되고 싶지 않아. 그래서 일단은 투수가 아닌 야수로서 내 능력을 증명할 생각이야."

"그렇지만……."

"너도 마찬가지야."

"네?"

"반쪽짜리 선수가 되지 마."

용덕수가 혀를 내밀어 바싹 마른 입술을 훑을 때, 태식 선배가 덧붙였다.

"우린 일단 야수로서 1군 무대로 진입할 거야."

'야수로서 1군 무대에 진입한다고?'

용덕수가 마른침을 삼켰다.

'가능할까?'

살짝 의심이 깃들었지만, 태식 선배의 목소리는 확신으로 가득 차 있었다. 그리고 그 확신은 전염성이 있었다.

"선배님만 믿겠습니다."

"덕수야."

"네."

"내가 뭐라고 했었지?"

"아, 형만 믿겠습니다."

"그래. 형만 믿고 따라와."

힘차게 고개를 끄덕이던 용덕수가 잠시 망설이다가 다시 질문을 던졌다.

"형, 하나 궁금한 게 있는데요."

"또 뭐가 궁금한데?"

"왜 저입니까?"

"응?"

"왜 저한테 이렇게 잘해주시는 겁니까?"

지난밤부터 계속 궁금했던 것이었다. 그래서 용덕수가 질문을 던지자 태식 선배가 웃으며 대답했다.

"선배 공경을 잘해서."

"네?"

"적어도 넌 싹수는 있거든."

의미를 알 수 없는 웃음을 머금은 채 태식 선배가 덧붙였다.

"앞으로 많이 베풀면서 살 거야. 그래야 복받을 수 있거든."

*　　　　*　　　　*

용덕수의 신임을 얻은 태식이 다음으로 한 일은 훈련 스케줄을 짜는 것이었다. 그리고 훈련 스케줄을 짜는 데는 시간이 오래 걸리지 않았다.

이미 머릿속으로 구상해 둔 것이 있었기 때문이다.

마경 스왈로우스 2군의 훈련 스케줄은 아침 식사를 마친 후 오전 아홉 시부터 시작이었다.

오전 훈련은 오전 9시부터 12시까지 세 시간.

오후 훈련은 경기가 있는 날을 제외하고는 오후 2시부터 4시까지였다.

총 다섯 시간.

팀 훈련을 제외한 나머지 시간에 용덕수와 함께 개인 훈련을 해야 했다.

그래서 태식은 새벽과 야간에 두 시간씩 개인 훈련을 하기로 했다.

꼭두새벽부터 시작되는 빡빡한 훈련 스케줄.

하지만 용덕수는 혀를 내두르거나 불만을 품는 대신, 호기심 어린 시선을 던졌다. 그리고 호기심을 이기지 못하고 태식에게 질문을 던졌다.

"선배님."

"……"

"형님."

"……."

"형."

"왜?"

"이건 대체 뭡니까?"

"어떤 거?"

"여기 눈 운동이라고 적혀 있는 것 말입니다."

용덕수가 궁금해하는 것은 오전 7시부터 8시 사이에 눈 운동이라고 적혀 있는 것에 관한 거였다.

"말 그대로야. 눈 운동을 하는 거지."

"눈 운동을 대체 어떻게 합니까? 혹시?"

"혹시 뭐야?"

"눈알을 굴리는 겁니까?"

"……."

"그 오래된 개그맨이 했던 개인기 있잖습니까? 눈을 좌우로 빨리 왔다 갔다 하던 개인기 말입니다."

"덕수야."

"네."

"그게 운동이 되겠니?"

"그야 물론… 안 되겠죠."

용덕수가 머리를 긁적이며 무안한 표정을 지었다.

그런 그에게 눈 운동에 대해 설명해 주기 위해서 태식이 책상 서랍을 열고 주사위를 꺼냈다.

"이게 뭔지는 알지?"

"주사위 아닙니까?"

"그래, 맞아. 그리고 앞으로 우린 이 주사위로 눈 운동을 할 거야."

"……?"

"잘 봐."

태식이 주사위를 위로 던졌다가 손으로 받았다.

"뭘 거 같아?"

"글쎄요."

태식의 손 안에 들어가 있는 주사위의 숫자를 맞출 확률은 1/6.

용덕수가 자신 없는 표정을 짓고 있는 것이 어쩌면 당연했다.

그렇지만 태식은 자신 있게 대답했다.

"삼이야."

"삼이요?"

"볼래?"

태식이 주사위를 움켜쥐고 있던 손을 펼쳤다. 그리고 손바닥 위에 놓여 있는 주사위 면의 점 개수는 셋이었다.

"운이 좋으셨네요."

"운이 아냐."

"네?"

"눈으로 본 거지."

못 믿겠다는 표정을 짓고 있는 용덕수에게 태식이 설명을 더했다.

"허공에 떠오른 순간, 주사위의 위치와 숫자, 그리고 궤적을 완벽하게 파악하면 손바닥 위에 떨어졌을 때 주사위에 어떤 숫자가 나올지 예측하는 게 가능하지. 우리가 이제부터 연습할 것은 바로 이거야."

"매일 한 시간 동안 이걸 계속한다는 겁니까?"

"그래."

"이걸 대체 왜 하는데요?"

도무지 이해가 안 간다는 표정의 용덕수를 위해서 태식이 대답했다.

"야구는 눈이 좋아야 잘할 수 있으니까."

"야구는 도박과 비슷한 면이 존재해."

이건 사실이었다.

혼히 얘기하는 '게스 히팅'.

즉, 투수가 어떤 코스에 어느 구질의 공을 던질 것인가를 미리 예측하고 타격을 하는 것이 게스 히팅이었다.

그리고 게스 히팅은 일종의 도박이나 마찬가지였다

투수와 포수로 이루어지는 배터리와 타자의 심리전.

게스 히팅이라는 도박이 야구에서 통하는 이유는 타자의 특수성 때문이었다.

3할 타자.

열 번 타석에 들어서서 세 번만 안타를 쳐내도 3할 타자가 될 수 있었다. 그리고 3할 타자는 프로에서도 충분히 능력을 인정받고 있었다.

그렇지만 태식은 못내 아쉬움을 갖고 있었다.

'만약 게스 히팅이 아니라 투수가 던지는 공의 코스와 구질을 완벽하게 파악하고 타격을 한다면?'

타율 3할이 문제가 아니었다.

꿈의 타율이라고 불리는 4할 타율 이상을 기록하는 것도 충분히 가능했다.

이것이 가능하기 위한 필요조건이 바로 '좋은 눈'이었다.

"저기, 선배님!"

"말해."

"이게… 정말 효과가 있을까요?"

예전이었다면 이 질문에 대해 확답을 해주지 못했을 터였다. 그렇지만 프로야구 선수로서 경험이 쌓인 지금의 태식은 확실히 대답해 줄 수 있었다.

"분명히 효과가 있어."

"그렇지만……."

"문제는 시간이지."

"시간이요?"

"효과가 금세 나타나지는 않을 거야. 그래서 대부분의 선수들은 눈 훈련을 하던 도중에 포기를 하지."

프로야구 선수들은 대부분 눈의 중요성을 알고 있다.

실제로 안경이나 렌즈를 착용하고 난 후에, 죽을 쑤던 타격이 다시 살아난 타자들의 케이스도 다수 존재하는 것이 눈의 중요성을 알려주는 증거였다.

그렇지만 프로야구 선수들은 눈 훈련에 많은 시간을 들이지 않았다.

그 이유는 들인 시간에 비해서 효과가 빠르게 나타나지 않기 때문이었다.

태식도 마찬가지였다.

프로야구 선수가 된 후 야심차게 눈 훈련을 시작했었다. 그렇지만 효과는 바로 나타나지 않았다.

게다가 오랫동안 주사위만 보는 눈 훈련은 무척 지루했다.

그래서 점점 눈 훈련을 게을리하다가, 어느 순간부터는 그만 둬 버렸다.

그 후로는 눈의 중요성을 까맣게 잊고 스마트폰에 빠져 살았고, 그 결과 시력이 점점 나빠졌었다.

'이번에는 포기하지 않아!'

다시 주어진 기회.

똑같은 실수를 범하지 않겠다고 태식이 굳게 다짐했다.

"일단 스마트폰부터 없애."

"스마트폰을요?"

"그래. 눈 훈련은 거기서부터 시작이야."

새로 바꾼 폴더폰을 손에 들고 흔들어 보이며 태식이 강조했다.

여전히 떨떠름한 표정을 짓고 있는 용덕수를 바라보던 태식이 서랍에서 두 개의 주사위를 더 꺼내며 제안했다.

"그럼 본격적으로 시작해 볼까?"

＊　　　　＊　　　　＊

눈 운동과 함께 태식이 짠 훈련 프로그램의 핵심은 피칭머신이었다. 그리고 태식이 피칭머신을 선택한 이유는 타격 밸런스와 타이밍을 조율하기 위해서였다.

구속 150㎞ 근처의 빠른 공.

태식이 타자로 전향한 후 가장 큰 약점을 드러낸 것은 빠른 공이었다.

타격 타이밍이 제대로 맞지 않았기 때문이었다. 그리고 태식이 빠른 공에 약점을 드러내자 투수들은 집중적으로 빠른 공 위주로 공략해 왔다.

물론 태식도 나름대로 여러 가지 방법을 강구해 봤다.

배트를 좀 더 짧게 쥐어보기도 했고, 배트를 원래 사용하던 것보다 가벼운 것으로 바꿔보기도 했다.

그렇지만 백약이 무효였다.

빠른 공에만 신경을 쓰다 보니, 간간이 섞여 들어오는 체인지업을 비롯한 변화구에 제대로 대처하지 못했다.

악순환.

그런 상황이 계속되다 보니 타격 밸런스가 전체적으로 무너져 버렸다. 그리고 한 번 무너진 타격 밸런스를 되찾는 것은 어려웠다.

"관건은 타이밍이야."

"타이밍… 이요?"

"그래. 140㎞대 중후반의 빠른 공에 배트 스피드가 밀리지 않고 대처하는 것이 가장 중요해. 그건 너도 마찬가지야."

"네?"

"네가 타격 부진에 빠진 근본적인 이유는 빠른 공에 제대로 대처하지 못하기 때문이야. 나와 비슷한 케이스지."

고등학교를 졸업하자마자 육성 선수 신분으로 마경 스왈로우스 팀에 입단한 용덕수의 가장 큰 약점이자 문제점은 타격 능력.

그리고 용덕수가 타격 슬럼프에 빠진 가장 큰 이유는 빠른 공 대처가 제대로 되지 못했기 때문이었다.

고교 시절에 비해서 갑자기 구속이 10㎞ 이상 빨라진 프로 투수들의 공에 적응하는 것이 결코 쉬운 일은 아니었으리라.

"저도 아는데… 마땅한 해결책을 찾지 못했습니다."

다행인 것은 용덕수도 타격 부진에 빠진 자신의 문제가 무엇인지 인지하고 있다는 것이었다.

"중요한 건 자신의 문제가 무엇인지 파악하는 거야. 난 그걸 못 했지."

"왜요?"

"경험이 없었으니까."

"네."

"그리고 내 문제가 무엇인지 깨달았을 때는 너무 늦었어. 여기저기 부상을 당해서 몸은 만신창이가 돼 있었고, 나이도 어느덧 서른 중반이더라고. 그래서… 하마터면 야구를 포기할 뻔했지."

"······?"

"그런데 이제는 상황이 바뀌었어. 그것도 아주 많이."

"그렇지만······."

"그렇지만 뭐야?"

"쉽게 문제를 해결할 수 있을까요?"

용덕수가 걱정하는 것은 당연했다.

말은 쉽지만, 문제를 파악하고 극복하는 것은 지난한 길이었다.

만약 그게 쉽다면 누구나 성공한 야구 선수가 될 수 있을 테니까.

태식도 마찬가지였다.

약점과 문제점을 극복하지 못한 탓에 잊힌 선수가 되었다.

"물론 세상에 쉬운 건 없어. 그렇지만 문제를 해결할 수 있는 해법을 알고 있으니까 이제부터 노력하면 돼."

차이점은 이것이었다.

예전의 태식은 자신의 문제가 뭔지도 제대로 파악하지 못했다. 그 문제를 파악했을 때는 이미 부상과 많은 나이에 발목이 잡혔다.

그렇지만 경험이 고스란히 쌓인 상태로 신체 나이가 젊어졌으니, 다시 문제를 극복하기 위해서 도전할 기회가 생겼다.

용덕수도 마찬가지였다.

아직 이십 대 초반.

용덕수는 젊었다. 그런 그의 곁에서 경험이 풍부한 태식이 문제점을 진단하고 조언해 준다면, 극복하는 것이 충분히 가능했다.

"어떻게요?"

"맞서 싸워야지."

"누구와요?"

"저 녀석과."

태식이 턱짓으로 피칭머신을 가리켰다.

태식이 문제를 극복할 수 있는 해법에 대한 힌트를 알려주었음에도 용덕수의 표정은 밝아지지 않았다.

"겨우 피칭머신을 상대로 훈련한다고 해서 빠른 공에 배트 타이밍이 늦는 문제가 해결될까요?"

"마음에 걸리는 게 뭐야?"

"피칭머신의 구속은 140㎞가 최대가 아닙니까?"

용덕수의 지적은 옳았다.

현재 마경 스왈로우스 2군 훈련장에 비치되어 있는 피칭머신은 국내 업체가 제작한 2휠 방식의 제품이었다.

미국 업체에서 제작한 3휠 방식의 제품은 최대 구속이 160㎞에 육박한다고 알려졌지만, 2휠 방식 제품의 최고 구속은 140㎞에 불과했다.

"저기, 형."

"왜?"

"부탁해 볼까요?"

"무슨 부탁?"

"미국에서 제작한 최신 피칭머신으로 바꿔달라고 부탁하면 바꿔주지 않을까요?"

"네 생각은 어떨 것 같은데?"

"타격 훈련을 하는 데 최신 피칭머신이 꼭 필요하다고 강조하면 바꿔줄 수도 있을 것 같은데요."

깊이 고민하지 않고 대답하는 용덕수를 보던 태식이 한숨을 내쉬며 입을 뗐다.

"덕수야."

"네?"

"너, 현실감각이 아직 부족하구나."

태식의 핀잔을 들은 용덕수가 입맛을 다셨다.

기분이 상해서가 아니었다.

얼마 전에 자신이 김태식을 보며 생각했던 말을 고스란히 되돌려 받자 묘한 기분이 들었기 때문이다.

"무슨 말씀이신지?"

"육성 선수, 그리고 은퇴를 종용받고 있는 퇴물 노장 선수가 가격이 몇 억씩이나 하는 피칭머신을 사달라고 조르면 구단에서 순순히 들어줄까?"

"듣고 보니… 제가 멍청했네요."

자신이 현실감각이 없었다는 것을 순순히 인정한 용덕수가
머리를 긁적일 때였다.

"기억해."

"네?"

"오늘 이 순간에 우리가 나눈 대화를 기억하라고."

"……?"

"이게 우리가 처해 있는 현실이니까."

김태식의 충고를 듣고 힘껏 고개를 끄덕이던 용덕수가 이내
한숨을 내쉬었다.

피칭머신을 교체할 수 없다면, 빠른 공에 대비한 타격 훈련
이 불가능하다는 생각 때문이었다.

"한숨 쉴 것 없어."

"하지만……."

"방법이 있으니까."

"어떤 방법이요?"

용덕수가 의아한 시선을 던질 때, 대답이 돌아왔다.

"수학을 하는 거지."

"수학이요?"

배팅 연습과 수학.

전혀 어울리지 않는 조합이었다.

그래서 용덕수가 의아함을 넘어 황당하단 시선을 던지고 있을 때였다.

"수학, 잘해?"

"젬병이었는데요."

학창 시절에는 야구 훈련을 하기 바빴다.

당연히 공부를 할 시간이 없었다.

그중에서도 특히 수학 과목은 용덕수에게 상극이나 마찬가지였다.

숫자만 보면 울렁증이 도졌을 정도였으니 더 말해 무엇할까.

"그럼 별수 없지. 늙은 형이 수학까지 해야겠네."

"죄송합니다. 그런데 갑자기 웬 수학 타령이세요?"

"혹시 그 광고 들어봤어?"

"어떤 광고요?"

"의류 광고인데 그 광고 중에 이런 카피 문구가 나와. 당신의 몸을 바꿀 수 없다면, 옷을 바꿔라."

"몸을 바꿀 수 없다면 옷을 바꿔라?"

용덕수가 광고의 카피를 되뇌일 때, 김태식이 덧붙였다.

"피칭머신을 바꿀 수 없다면, 훈련 방식을 바꾸는 수밖에."

순발력이 돋보이는 적절한 비유였다.

그래서 용덕수가 감탄하며 입을 뗐다.

"전혀 몰랐습니다."

"또 뭘?"

"형이 이렇게 말씀을 잘하시는지."

"그래? 뇌도 같이 젊어진 건가?"

"네?"

"아냐, 혼잣말이었으니까 신경 쓸 것 없어. 그보다 아까 하던 얘기나 계속하자. 피칭머신을 바꿀 수 없으니 훈련 방식을 바꾸자고 했잖아. 그래서 수학이 필요한 거야. 수학 중에서도 방정식이 필요하지."

"방정식이요?"

방정식이란 단어만 들어도 머리가 지끈거리는 느낌이었다.

그래서 용덕수가 기겁한 표정을 짓자, 김태식이 한숨을 내쉬며 흙바닥에 손가락으로 뭔가를 적기 시작했다.

18.44 : 140 = X : 160

"형, 이게 뭔가요?"

"아까 말한 방정식. 헷갈리니까 거기 그렇게 서 있지 말고 가서 줄자나 찾아 와."

"줄자요? 줄자는 갑자기 왜?"

"헷갈린다니까."

용덕수가 더 질문하지 못하고 줄자를 찾기 위해 움직였다. 그리고 줄자를 찾아서 돌아왔을 때, 김태식은 바닥에 썼던 방정식을 지우고 있었다.

"벌써 다 푸셨습니까?"

"야구만큼 어렵네."

"야구보다 수학이 더 어려운 것 아니었습니까?"

"쉰 소린 그만두고 줄자 갖고 홈 플레이트 쪽으로 가봐."

줄자 끝을 잡고 신중하게 거리를 측정하던 김태식이 희미하게 고개를 끄덕였다.

"이쯤이다."

"네?"

"줄자 놓고 이리 와서 좀 도와줘."

김태식이 갑자기 피칭머신의 위치를 옮기기 시작했다.

영문을 모른 채 피칭머신을 옮기는 작업을 함께 마치자마자, 김태식이 다짜고짜 야구방망이를 건넸다.

"타석에 서."

"네?"

"수학이 끝났으니 이제 훈련해야지."

용덕수가 마지못해 타석에 섰다.

슝.

그 순간, 피칭머신에서 공이 빠져나왔다.

'헐!'

말 그대로 총알처럼 빠르게 홈 플레이트를 통과하는 공.

반응조차 하지 못한 채 가만히 공을 지켜보던 용덕수에게 김태식이 말했다.

"어때?"

"너무 빠른데요."

"160㎞의 구속이다."

"160㎞요?"

용덕수가 혀를 내두를 때, 김태식이 물었다.

"왜 놀라?"

"너무 빠른 것 같아서……."

"빠르지 않아."

용덕수가 의아한 시선을 던질 때, 김태식이 빙긋 웃으며 덧붙였다.

"앞으로 우리가 쳐야 할 공이야."

벌크업을 위한 웨이트 트레이닝.

하체 단련을 위한 반복 단거리 달리기.

눈 운동과 피칭머신을 상대하는 것을 제외하고 태식이 야수로서 성공하기 위해 준비한 훈련이었다.

그리고 이게 끝이 아니었다.

태식의 목표는 야수로서의 성공이 다가 아니었다.

머지않은 시간에 투수로서 재기하는 모습도 보여줄 계획이었다.

그래서 투수로서 다시 마운드에 설 수 있는 몸 상태를 만들기 위한 훈련도 차근차근 진행해 나갔다.

"바쁘네."

야수와 투수.

서로 다른 두 영역에 대한 훈련을 동시에 해야 하기 때문에 눈코 뜰 새 없이 바쁠 정도였다.

그렇지만 태식은 조금도 힘들지 않았다.

목표가 있었기 때문이었다. 그리고 절대 게으름을 피우거나 한눈을 팔지 않은 이유는 절실함이 있었기 때문이다.

"서서히 효과가 나타나고 있어."

용덕수와 함께 지옥 훈련(?)을 시작한 지 약 한 달이 흐른 시점.

물론 훈련의 효과는 당장 나타나지 않는 법이었다. 그렇지만 조금씩이나마 나아지고 있다는 것이 분명히 느껴졌다.

따아악!

훈련 성과를 점검하기 위해 피칭머신을 상대하던 태식이 배트를 힘차게 돌렸다.

배트 중심에 걸린 타구.

완벽한 타이밍이었다.

배트를 움켜쥔 양손에 전해지는 묵직한 느낌이 무척 마음에 든다는 생각을 하고 있을 때, 용덕수가 박수를 치며 환호했다.

"형, 끝내주는 스윙인데요."

"구속은?"

"150km요."

"그래?"

현재 훈련장에 마련된 피칭머신의 최대 구속은 140km.

좀 더 빠른 공에 적응하며 타이밍을 맞추기 위해서 태식이 선택한 방법은 피칭머신을 홈 플레이트 쪽으로 가까이 끌어오는 것이었다.

여러 차례 방정식을 풀어가면서 피칭머신과 홈 플레이트 사이의 거리를 조정하는 수고를 거치며 차근차근 더 높은 구속에 적응하는 훈련을 거쳤다.

그 훈련의 성과로 태식은 구속 150km의 공에 배트 타이밍이 밀리지 않을 정도로 완벽하게 적응했다.

방금 달린 타구가 그 증거였다.

'150km 이상의 공에는 아직 타이밍이 늦어.'

용덕수는 놀란 기색을 감추지 못하고 있었지만, 이마에 맺

흰 땀을 수건으로 닦던 태식은 여전히 아쉬웠다.

155㎞, 혹은 160㎞.

더 빠른 공을 상대로 배트 타이밍이 쫓아가기까지는 시간이 더 필요했다. 그렇지만 태식은 아쉬운 마음을 이내 털어버렸다.

여기는 메이저리그가 아니었다.

현재 KBO 리그에서 맹활약을 하고 있는 각 팀의 에이스급 투수들의 최고 구속은 140㎞대 중후반이 대부분이었다.

이 정도면 에이스급 투수들이 던지는 직구를 상대하더라도 밀리지 않을 것이라는 자신감이 생겼다.

"덕수야."

"네, 형!"

마치 당연하다는 듯이 돌아온 형이라는 호칭을 들은 태식이 희미하게 웃었다.

한동안 형이라고 쉽게 부르지 못하고 머뭇거렸던 용덕수였는데.

이제는 형이라는 호칭이 입에 딱 달라붙어 있었다.

그만큼 시간이 흘렀다는 증거.

"넌 어때?"

"그게… 145㎞ 구속에는 배트가 따라가는데, 그 이상은 아직 무립니다."

용덕수가 머리를 긁적이면서 자신 없는 목소리로 대답했다. 그렇지만 태식은 탓하는 대신 칭찬을 건넸다.

"많이 발전했네."

처음 피칭머신을 상대로 타격 훈련을 시작했을 때, 140㎞의 구속을 기록한 공에도 배트 타이밍이 한참 늦었던 용덕수였다.

그런데 약 한 달이란 시간이 흐르고 나자, 145㎞의 구속을 기록한 공에도 배트 타이밍이 밀리지 않고 정확한 타이밍에 받아쳤다.

그동안 용덕수가 게으름 피우지 않고 훈련에 매진했다는 증거였고, 충분히 칭찬을 받아 마땅했다.

"이제 다음 단계로 넘어갈 때가 된 것 같다."

"다음 단계요?"

"그래."

"어떤 단계입니까?"

용덕수가 두 눈을 반짝이며 물었다.

피칭머신을 상대로 훈련한 시간들.

분명히 힘들고 지루했을 터였다. 그래서 용덕수가 다음 단계로 넘어가자는 태식의 말을 듣고서 이렇게 반색을 하는 것이었고.

'실전에 나서고 싶겠지!'

용덕수의 심정을 짐작한 태식이 쓰게 웃었다.

미안하지만 아직은 용덕수가 원하는 대로 실전에 나설 단계가 아니었다. 거쳐야 할 단계가 하나 더 남아 있었다.

"피칭머신이 아닌 투수와도 싸워봐야지."

"투수요?"

"그래. 피칭머신하고 싸우는 것과 진짜 투수와 싸우는 것은 분명히 차이가 존재하니까."

일리가 있다고 생각해서일까?

살짝 실망한 기색이었지만 용덕수는 순순히 고개를 끄덕였다. 그런 용덕수에게 태식이 덧붙였다.

"그래서 해결해야 할 문제가 있어."

"뭡니까?"

"투수를 구해야지."

*   *   *

"어윤수 선배가 괜찮을 것 같습니다."

투수를 구해야 한다는 태식의 말을 듣고서 한참 고민에 잠겼던 용덕수가 꺼낸 이름은 어윤수였다.

태식도 어윤수에 대해서 알고 있었다.

프로 무대에서도 충분히 통할 정도로 잠재력이 있는 투수!

이것이 고졸 신인 투수였던 어윤수에 대한 스카우터들의 평가였다.

스카우터들에게서 괜찮은 평가를 받은 덕분에 어윤수는 마경 스왈로우스 유니폼을 입는 데 성공했다. 그렇지만 그 후로 꽤 많은 시간이 흘렀지만, 어윤수는 두각을 드러내지 못하고 있었다.

1군에서 남긴 성적은 0승 5패 2홀드.

단 1승도 거두지 못 했고, 방어율도 무려 10점대에 육박했다.

부진한 성적으로 인해 2군으로 내려왔고, 그 후로 1군과 2군을 몇 차례 오간 적이 있었지만, 지금은 2군에서 쭉 머물고 있는 신세였다.

"너무… 약하지 않을까?"

어윤수에 대한 정보를 떠올린 태식이 우려 섞인 시선을 던졌다. 그렇지만 용덕수는 절대 그렇지 않다며 고개를 흔들었다.

"제가 직접 공을 받아봐서 알고 있습니다. 윤수 선배, 공이 진짜 좋습니다."

"그런데 왜 계속 2군에서 머물고 있는 거야?"

"거기엔 이유가 있습니다."

"어떤 이유지?"

"윤수 선배는 두 가지 약점을 갖고 있거든요."

"두 가지 약점?"

"첫 번째 약점은 세트포지션 투구, 그러니까 주자가 루상에 나가 있을 때, 투구 동작에 문제를 갖고 있다는 겁니다. 세트 포지션 동작이 커서 도루를 자주 허용하고, 세트포지션 투수 시에 제구도 흔들립니다. 두 번째 약점은 긴장을 많이 한다는 겁니다. 배짱이 두둑하지 못한 거죠. 그래서 2군에서는 곧잘 던지시는데 1군 무대 마운드에만 올라가면 자기 공을 못 던지더라고요."

용덕수의 설명을 들은 태식이 고개를 끄덕였다.

어윤수가 가진 두 가지 약점.

모두 치명적인 약점들이었다.

한 번 약점을 드러내면 끝까지 파고들어서 물어뜯고 공략하는 것이 냉정하기 짝이 없는 프로의 세계.

두 가지 약점을 모두 해결하지 못한다면, 어윤수는 투수로 성공하기 힘들 터였다. 그렇지만 태식과 용덕수의 입장에서 어윤수는 무척 적당한 투수였다.

실전이 아닌 라이브 피칭.

그러니 어윤수는 긴장하지 않고 자기 공을 제대로 던질 테니까.

"네 말대로라면 괜찮겠네."

태식이 만족한 기색을 드러냈지만, 용덕수는 불안한 표정을 지었다.

"문제가 하나 있습니다."

"무슨 문제? 부상이라도 당했어?"

"그게 아니라… 저희가 부탁한다고 해서 윤수 선배가 선뜻 응할까요?"

"아마 바로 응하지 않겠지."

"그럼 어쩌죠?"

낯빛이 어두워지는 용덕수에게 태식이 대답했다.

"밥이라도 한번 사야지."

슈아악! 퍽!

"스트라이크!"

어윤수가 던진 공을 받은 용덕수가 스스로 판정을 내렸다. 타석에 선 채로 어윤수의 공을 지켜본 태식이 만족스러운 표정을 지었다.

비록 스피드건은 없었지만, 그동안 피칭머신과 상대한 덕분에 대충의 구속은 가늠할 수 있었다.

'140㎞대 초반!'

방금 어윤수가 던진 직구의 구속이었다.

태식과 용덕수가 타석에서 실전 감각을 유지하는데 딱 적당한 구속이었다. 그리고 어윤수의 장점은 빠른공이 다가 아니었다.

슬라이더와 커브, 포크볼까지.

브레이킹 볼도 능숙하게 구사하는 편이었다.

슈아악!

어윤수의 손에서 다시 공이 떠난 순간, 태식이 이번에는 그냥 흘려보내는 대신 힘차게 배트를 휘둘렀다.

따악!

배트 중심에 걸린 타구가 쭉쭉 뻗어나갔다.

최소 2루타 이상이 될 장타가 터진 순간, 용덕수가 벌떡 일어나면서 소리쳤다.

"와우! 나이스 샷입니다."

태식이 픽 웃으며 어윤수의 표정을 살폈다. 얼굴에 불만이 가득한 어윤수가 글러브를 벗으며 입을 뗐다.

"저는 약속을 지켰습니다. 이제 선배가 약속을 지킬 때인 것 같은데요?"

어윤수가 불만을 드러내고 있는 이유를 태식은 짐작할 수 있었다.

"세트포지션의 약점을 해결할 수 있는 방법을 일러주지!"

세상에 공짜는 없는 법.

고작 밥 한 번 사는 것으로 어윤수를 포섭할 수는 없었다. 태식은 어윤수를 포섭하는 대가로 세트포지션 투구 시 드러나는 약점을 해결할 수 있는 방법을 일러주겠다고 말했다.

솔직히 말하면 어윤수 입장에서 크게 어려운 일은 아니었다.

원래 예정되어 있는 불펜 피칭을 하는 과정에 태식과 용덕수가 번갈아 가면서 타석에 서는 것이 다였으니까.

그렇지만 어윤수는 그에 대한 대가를 요구했다.

철저하게 계산적인 행동이었지만, 서운한 마음은 들지 않았다. 어윤수도 냉혹한 프로 무대에서 뛰는 선수였으니까.

어느덧 어윤수와 약속했던 한 달 가까이 시간이 흐른 시점.

"그래. 약속은 지켜야지."

"어떤 방법입니까?"

"몰라."

태식이 지체없이 대꾸하자, 어윤수의 표정이 일그러졌다.

태식이 약속을 지키지 않았다고 생각했기 때문이었다. 그러나 태식은 그런 의미로 모른다는 말을 꺼낸 것이 아니었다.

"난 너에 대해 잘 알지 못 했어."

"……?"

"그리고 너에 대해 알고 있는 사람들은 거의 없어."

"무슨… 뜻입니까?"

"쉽게 말해 네가 세트포지션 투구 시에 약점이 있다는 것을 알고 있는 사람들은 거의 없다는 뜻이야. 스스로 의식하고 있을 뿐이지."

"하지만……."

"결국 이미지야."

"이미지… 요?"

"예전의 네게는 세트포지션 투구 시에 약점을 갖고 있다는 이미지가 덧씌워져 있었지. 그렇지만 지금의 너는 사람들의 기억 속에서 잊혀졌어. 그럼 새로운 이미지를 만들면 문제를 해결할 수 있어. 결국 관건은 첫 승부야. 1군 무대에서 주자가 있을 시에 세트포지션 투구에 약하지 않다는 걸 보여줘. 그럼 네게 예전에 덧씌워져 있던 이미지를 완벽하게 지우고 세트포지션 투구도 좋다는 새로운 이미지를 입힐 수 있을 테니까."

그냥 아무렇게나 던진 말이 아니었다.

태식은 약속을 지키기 위해서 그동안 어윤수의 투구 동작을 유심히 살폈다

기술적인 부분과 심리적인 부분.

두 가지 가운데 태식은 후자에 집중했고, 그 결과 찾아낸 해법이었다.

태식의 말이 끝나자, 어윤수는 둔기로 뒤통수를 얻어맞은 것처럼 명한 표정으로 생각에 잠겨 있었다.

그런 그를 방해하는 대신, 태식이 용덕수에게 말했다.

"자, 이제 훈련의 성과를 실전에서 확인해 볼 때가 된 것 같다."

"실전이요?"

"그래. 언제까지 피칭머신이랑만 싸울 수는 없잖아."

태식의 대답을 들은 용덕수의 두 눈이 기대로 물들었다.

그렇지만 이내 표정이 어두워졌다.

"그런데 저희가 실전에 나설 기회가 있을까요?"

지난 한 달 동안 태식과 용덕수는 한 번도 실전 경기에 투입되지 못했다.

전력 외 선수들.

마경 스왈로우스의 2군 감독인 신용섭은 태식과 용덕수를 이미 전력 외라고 판단한 듯 보였다.

그러니 용덕수가 이런 걱정을 하는 것도 당연했다.

"너무 걱정할 것 없어."

"하지만……."

"실력 있는 선수를 외면할 지도자는 없으니까. 분명히 한 번은 기회가 찾아올 거야. 우린 그 기회를 놓쳐서는 안 돼."

비장한 표정으로 고개를 끄덕이는 용덕수를 바라보며 태식은 느꼈다.

실전 경기에서 훈련 성과를 확인하고 보여줄 때가 조금씩

다가오고 있다는 사실을.

　그리고 기적과 함께 찾아온 새로운 도전이 비로소 본격적
으로 시작되려 한다는 것을.

7. 기회를 만들어라

북부 리그와 남부 리그.

퓨처스 리그는 두 개의 리그로 진행된다.

신용섭이 이끄는 마경 스왈로우스 2군 팀은 북부 리그에 속해 있었다.

북부 리그에 속해 있는 여섯 팀 가운데 현재 마경 스왈로우스의 순위는 5위를 기록하고 있었다.

어느덧 6월 초순에 접어들면서 이미 각 팀당 치르는 96경기의 반환점이 가까워지고 있는 상황.

신용섭은 자신이 이끌고 있는 마경 스왈로우스의 순위가

만족스럽지 않았다.

현재 북부 리그 5위이고, 퓨처스 리그 전체에서는 10위.

마경 스왈로우스보다 아래에 있는 것은 두 팀뿐이었다.

화성 울트라스와 고성 히어로스.

이 두 팀은 공통점이 있었다.

바로 시민 구단이라는 것이었다.

기업의 후원을 받는 다른 팀들에 비해 시민 구단인 화성 울트라스와 고성 히어로스는 전력이 크게 떨어지는 편이었다. 그리고 화성 울트라스와 고성 히어로스 덕분에 간신히 꼴찌를 면하고 있긴 했지만, 그 두 팀을 제외하면 퓨처스 리그에 참가하는 프로 팀 가운데서는 꼴찌인 셈이었다.

"쓸 만한 선수가 없어, 선수가."

신용섭이 한탄했다.

2군 감독의 역할은 크게 두 가지였다.

하나는 퓨처스 리그에 참가해서 좋은 성적을 거두는 것.

또 하나는 1군 무대에서 통할 수 있는 유망주를 키우는 것.

신용섭은 이 두 가지 역할을 모두 실패했다.

당연히 자신의 거취에 대한 압박이 있을 수밖에 없었다.

"이러다가 경질당하는 거 아냐?"

신용섭이 한숨을 토해냈다.

퓨처스 리그가 아닌 1군 선수들이 경기를 펼치는 KBO 리그 순위에서 마경 스왈로우스 팀은 7위에 올라 있었다.

현 순위라면 정규 시즌이 끝났을 때 마경 스왈로우스가 리그 5위까지 참가할 수 있는 가을 야구에 참가하는 것이 불가능했다.

물론 아직 시즌 중반에 불과하니 반등의 가능성은 충분히 남아 있었다. 그러나 전혀 믿음을 주지 못하고 있는 마경 스왈로우스의 선발진 상황을 감안하면, 반등에 실패할 확률이 높았다. 그리고 마경 스왈로우스가 이대로 가을 야구 참가가 무산된다면, 감독을 맡고 있는 강상문이 경질될 가능성이 높았다.

강상문과 신용섭은 대학 선후배 사이.

강상문이 마경 스왈로우스의 감독으로 부임하면서 신용섭도 함께 마경 스왈로우스 2군 감독으로 부임했다.

그런데 만약 강상문이 성적 부진으로 경질당한다면, 신용섭도 2군 감독에서 경질당할 확률이 높았다.

"불안해 죽겠군."

오죽했으면 마누라가 알려줬던 용한 점집까지 찾아갔을까?

마누라의 성화를 이기지 못하고 찾아갔던 천수암이란 점집에서 신용섭이 들은 이야기는 간단했다.

"쓸모도 없는 눈은 왜 달고 다니고 있는 거야? 보물이 눈앞에 있는 데도 알아보질 못 하고 있잖아."

점쟁이는 호통 아닌 호통을 쳤다.

"대체 보물이 어디 있다는 거야?"

화성 울트라스와의 경기를 앞두고 몸을 풀고 있는 선수들을 쭉 훑어보던 신용섭이 눈살을 찌푸렸다.

점쟁이는 보물이 있는 데도 알아보지 못한다고 말했지만, 신용섭이 살피기에 마경 스왈로우스 2군 팀에 보물은 없었다.

그저 한심하기 짝이 없는 선수들의 집합소처럼 느껴져서 다시 한번 한숨을 길게 내쉬었을 때였다.

따악! 따악!

자신의 순서를 기다렸다가 배팅 케이지 안으로 동시에 들어간 김태식과 용덕수가 눈에 들어왔다.

마치 경쟁이라도 하듯이 경쾌한 타격음을 만들어내고 있는 두 선수를 향해 시선을 던지던 신용섭의 미간이 더욱 찌푸려졌다.

"쓰레기 집합소도 아니고."

어서 자신을 봐달라는 듯이 두 선수가 열심히 배트를 휘두르고 있었지만, 신용섭은 제대로 살피지도 않았다.

이미 오래전에 김태식과 용덕수를 전력 외로 분류했기 때문이었다.

"저것들도 얼른 치워야 하는데."

2군 감독의 역할을 굳이 하나 더 꼽자면, 팀에 하등 도움이 되지 않으면서 연봉만 축내는 선수들을 정리하는 것이었다. 그리고 신용섭의 눈에 비친 김태식과 용덕수는 연봉만 축내는 선수들이었다.

특히 김태식은 더욱 그랬다.

퇴물!

나이를 서른일곱이나 먹은 퇴물 노장 야구 선수 주제에 자신이 호의를 갖고 건넸던 은퇴 제안을 거절했다.

그 일로 인해 잔뜩 마음이 상한 신용섭은 김태식이 못마땅했다.

"그나저나 오늘 경기는 꼭 잡아야 하는데."

오늘 경기를 펼칠 화성 울트라스와 마경 스왈로우스는 현재 북부 리그 꼴찌 경쟁을 치열하게 펼치고 있었다.

승차는 단 한 경기.

만약 오늘 경기에서마저 패한다면 공동 꼴찌로 추락하는 상황이었다.

시민 구단인 화성 울트라스에게마저 밀린다면 말 그대로 대굴욕!

해서 초조해진 신용섭이 배팅 케이지에서 열심히 배트를 휘두르는 김태식과 용덕수에게서 시선을 뗀 채 고심에 잠겼다.

*   *   *

1 : 3.

8회가 끝났을 때의 스코어였다.

경기 전, 신용섭이 우려했던 대로 경기 후반임에도 마경 스왈로우스는 화성 울트라스에게 2점차로 뒤지고 있었다.

"아주 엉망이군."

더그아웃에 앉아서 경기를 지켜보던 태식이 고개를 절레절레 저으며 관전평을 꺼냈다.

마경 스왈로우스의 빈약한 타선은 화성 울트라스의 선발투수인 김장훈을 전혀 공략하지 못하고 철저하게 막혔다.

간신히 1점을 뽑아내긴 했지만, 그조차도 적시타가 터져서 얻은 점수가 아니었다.

상대 팀 좌익수의 실책 덕분에 얻은 점수였다.

더그아웃에서 경기를 지켜보고 있던 태식이 당연하다는 듯이 곁에 앉아서 하품을 하던 용덕수에게 충고했다.

"그래도 집중해."

"네?"

"하품이 나올 정도로 지루한 경기인 것은 사실이지만… 그래도 경기에 집중하는 척이라도 하라고."

"왜요?"

"그래야 기회가 주어질 테니까."

"하지만 오늘 경기에는 출장하지 못할 것 같은데요."

경기가 뜻대로 풀리지 않아서일까.

감독석에 앉아서 잔뜩 미간을 찌푸리고 있는 신용섭을 힐 끗 살핀 용덕수가 우려 섞인 표정으로 대답했다.

태식의 생각도 크게 다르진 않았다.

일단 1군 무대로 올라가기 위해서는 뭔가를 보여줘야 했다. 그리고 자신이 가진 능력을 보여주기 위해서는 우선 경기에 나설 기회를 잡아야 했다.

해서 마경 스왈로우스 팀의 2군 감독인 신용섭의 눈에 띄 기 위해서 배팅 케이지 안에서 공들여 쇼케이스를 선보였던 것이다.

하지만 아쉽게도 신용섭의 눈에 드는 데는 실패했다. 아니, 신용섭은 아예 자신과 용덕수에게 관심이 없어 보였다.

'이대로는 곤란해.'

기적이 일어나면서 신체 나이가 가장 좋았던 스무 살 시절 로 돌아온 상황.

그 후로도 한눈팔지 않고 꾸준히 훈련을 해온 덕분에 현재 태식의 컨디션은 한껏 올라와 있었다.

그렇지만 문제는 기회였다.

"너무 걱정할 것 없어. 실력 있는 선수를 외면할 지도자는 없으니까. 분명히 한 번은 기회가 찾아올 거야. 우린 그 기회를 놓쳐서 안 돼."

얼마 전, 용덕수에게 태식이 건넸던 이야기.

당시에 기회가 주어지지 않을 것을 우려하던 용덕수에게 걱정할 것 없다고 잘라 말했었는데.

그 후로 며칠이 흐른 지금은 그 생각이 조금 바뀌었다.

신용섭이 머릿속으로 하고 있는 팀 구상에서 태식과 용덕수는 아예 전력 외로 분류되어 있는 것처럼 보였다.

물론 너무 초조해할 필요는 없었다.

태식이 현재 속해 있는 마경 스왈로우스 2군 팀은 부진의 늪에 빠져 있었다.

이미 패색이 짙은 오늘 경기를 끝내 뒤집지 못하고 패한다면 북부 리그 꼴찌로 추락할 정도로.

만약 소속 팀이 승승장구한다면 감독은 여간해서는 변화를 주지 않으려 할 터였다.

그렇지만 팀이 부진의 늪에 빠진 채 쉽사리 헤어나오지 못한다면, 감독은 어떤 식으로든 변화를 줄 수밖에 없었다.

선수진 개편.

감독이 분위기 쇄신을 위해서 팀의 변화를 모색할 때, 가장 먼저 꺼내 들 수 있는 카드였다. 그리고 태식이 노리고 있는 게 바로 이 시점이었다.

그러나 문제는 타이밍이었다.

"올스타 브레이크 전에 올라가야 해."

태식이 작게 혼잣말을 꺼냈다.

1군 무대에 올라가는 것도 중요하지만, 그 타이밍도 못지않게 중요했다.

그 이유는 태식이 마경 스왈로우스라는 팀과 궁합이 맞지 않았기 때문이었다.

해서 트레이드 마감 시한이 끝나기 전에, 태식은 트레이드를 통해서 다른 팀으로 적을 옮길 생각이었다.

저니맨.

만약 또 한 번 트레이드를 당하면, '떠돌이 실패자'라는 저니맨의 이미지가 더 강해질 확률이 높았다.

그러나 태식은 이미지 손실을 기꺼이 감수하기로 결심했다. 그리고 이 트레이드는 예전과는 달랐다.

태식의 의지와 상관없이 트레이드가 진행됐던 예전과 달리, 태식이 주도적으로 트레이드에 관여하는 것이기 때문이었다.

어쨌든, 지금으로서는 먼 훗날의 이야기였다.

트레이드를 통해 팀을 옮기기 위해서는 트레이드 마감 시한 전에 1군 무대에 올라가서 활약을 보여야 했다.

그리고 또 하나의 이유.

퓨처스 리그 경기는 스포츠 채널에서 중계해 주지 않았다.

그러니 태식이 경기에 출전한다고 해도 병마와 싸우고 계신 아버지가 볼 수 없었다.

병상에 누워 계신 아버지에게 경기에 나서는 모습을 보여 드리기 위해서는 1군 무대로 진입해야 했다.

그것도 아버지의 병세가 더 나빠지기 전에.

"더 늦어지면 곤란해."

고개를 푹 숙인 채 괴로워하고 있는 신용섭 감독을 바라보며 초조해하던 태식에게 용덕수가 조심스럽게 말했다.

"굿이라도 한번 해야겠어요."

"굿?"

"요새 되는 일이 하나도 없어서요. 용한 무당 찾아가서……."

용덕수가 한숨을 내쉬며 굿 타령을 계속 늘어놓았지만, 태식은 그 이야기를 한 귀로 듣고 한 귀로 흘렸다.

'굿이라.'

물끄러미 신용섭을 응시하던 태식이 다시 고개를 돌렸다.

"방금 뭐라고 했어?"

"굿이나 한번 해볼까라고 했는데."

"그래, 그런 방법이 있었어."

잔뜩 굳어져 있던 태식의 입가로 희미한 미소가 머금어졌다.

경기에 나설 수 있는 기회를 잡을 방법이 떠올랐기 때문이다.

* * *

북부 리그 공동 5위.

화성 울트라스와의 3연전 첫 경기의 결과를 뒤집는 데 실패한 마경 스왈로우스는 북부 리그 공동 꼴찌로 추락했다.

이것만으로도 충분히 치욕적인 결과.

그러나 아직 끝이 아니었다.

'만에 하나 화성 울트라스와의 남은 두 경기를 모두 내주고, 남부 리그에 속한 고성 히어로즈가 두 경기를 모두 잡아낸다면?'

마경 스왈로우스는 퓨처스 리그 전체 최하위로 추락할 위험이 존재했다.

"그것만은 피해야 하는데……."

신용섭이 습관처럼 손톱을 잘근잘근 깨물었다.

초조할 때마다 나오는 습관.

비릿한 피 맛이 입안에 번진 순간, 신용섭이 감독실을 박차고 나왔다.

이대로 계속 손을 놓고 앉아 있을 수는 없었다.

감독직에서 경질당할 위기가 코앞으로 닥쳤다는 생각이 들자 신용섭의 초조함은 극에 달했다.

지푸라기라도 잡고 싶은 심정으로 신용섭이 찾아간 곳은, 일전에 찾아갔다가 기분만 상해서 나왔던 천수암이었다.

"성질 죽이고 끝까지 들었어야지. 거기 진짜 용하다니까."

타박하던 아내의 말이 자꾸 귀에 맴돌았기 때문이다.

"왜 또 왔어?"

점쟁이는 용케 자신을 기억하고 있었다.

점쟁이가 못마땅한 시선을 던지며 소리친 순간, 신용섭도 울컥해서 소리쳤다.

"대체 보물이 어디 있단 거요?"

"쯧쯧."

점쟁이는 질문에 대답하는 대신 혀를 찼다.

그로 인해 신용섭의 기분이 더욱 상한 순간, 점쟁이가 쌀을 한 움큼 집더니 탁자 위에 흩뿌렸다.

"찾아봐."

"……?"

"여기서 찾아보라고."

"뭘 찾으란 거요?"

"보물."

신용섭이 인상을 썼다.

탁자 위에 흩뿌려져 있는 족히 수천 개의 쌀알 가운데서 어떻게 보물을 찾으란 말인가? 그리고 다 똑같이 생긴 쌀알들인데 무슨 보물이 숨어 있단 말인가?

"다 똑같은……."

신용섭이 언성을 높일 때였다.

"달라. 비슷해 보이지만 전부 달라."

"대체 뭐가 다르다는 거요?"

"크기도, 모양도 다 달라."

"……?"

"얼핏 보기에 비슷해 보이는 것은 선입견 때문이지."

"선입… 견?"

"명심해. 선입견을 버리기 전에는 절대 보물을 알아보지 못할 거야."

신용섭이 혀를 내밀어 바싹 말라 버린 입술을 훑었다.

뭔가 알듯 하면서도 여전히 아리송한 느낌.

해서 신용섭이 다시 부탁했다.

"거, 조금만 더 힌트를 주면 안 되겠소?"

그 부탁을 받은 점쟁이가 한마디를 더했다.

"원래 보물은 버리려고 하는 물건에 섞여 있는 법이지. 진가를 알아보기 어렵게 잔뜩 녹이 슨 채로 말이야."

*   *   *

마경 스왈로우스와 화성 울트라스의 3연전.

마지막 경기를 앞두고 배팅 케이지에서 타격 훈련을 마친 태식이 용덕수와 함께 더그아웃으로 돌아왔다.

"덕수야, 준비해라."

"갑자기 무슨 준비요?"

"경기에 나설 준비."

"네?"

"오늘이 디데이다."

태식이 확신에 찬 목소리로 말했지만, 용덕수는 순순히 믿는 기색이 아니었다.

그런 그의 이해를 돕기 위해서 태식이 말을 이었다.

"오늘은 무조건 경기에 나갈 거야."

"왜 그렇게 생각하시는데요?"

"마경 스왈로우스 팀이 퓨처스 리그 전체 꼴찌가 될 위기에 처했거든."

마경 스왈로우스는 화성 울트라스와의 3연전 가운데 첫 번째 경기와 두 번째 경기를 모두 내주며 북부 리그 공동 꼴찌에서 단독 꼴찌로 추락한 상황.

반면 남부 리그 꼴찌 팀인 고성 히어로스는 지난 2경기를 잇따라 승리하며 마경 스왈로우스와의 격차를 반 게임으로 줄였다.

만약 오늘 경기마저 마경 스왈로우스가 패하고, 고성 히어로스가 승리를 거둔다면 퓨처스 리그 전체 꼴찌 팀이 바뀌는 것이었다.

"그래서 선발 라인업에 변화를 주는 것을 더 미룰 수 없을 거야."

이것이 태식이 오늘 경기에 자신과 용덕수가 출전할 것이라고 판단한 첫 번째 이유였다

그렇지만 용덕수의 두 눈에 깃든 불신의 빛은 여전히 남아 있었다.

"우리 팀이 부진에 빠져 있는 만큼, 감독님이 선발 라인업에 변화를 줄 거란 것은 이해했습니다. 그렇지만… 저희가 포함될 거라는 확신은 없지 않습니까?"

"무조건 포함될 거야."

"네?"

"내가 편법을 좀 썼거든."

"편법… 이요?"

"응. 좀 급해서 어쩔 수 없었어."

제대로 말뜻을 이해하지 못한 표정인 용덕수에게 태식이 한 마디를 덧붙였다.

"굿하는 것보다 효과가 더 있는 편법이야."

　　　*　　　　　*　　　　　*

—마하반야바라밀다심경.

두 번째 듣는 벨소리였지만 여전히 적응은 되지 않았다.

태식이 천수암에 두 번째로 들어섰음에도, 점쟁이는 마치 처음 만나는 사람처럼 빤히 얼굴을 바라보았다.

"처음, 아니지?"

"신빨은 좋은데 기억력은 별로군요."

"점쟁이가 신빨만 좋으면 되지. 기억력까지 좋아서 뭐에 쓰라고? 괜히 피곤하기만 할 뿐이지."

낄낄거리며 웃던 점쟁이가 말을 이었다.

"얼굴 좋아졌네. 귀인을 만났나 보구먼."

"그렇습니다."

"그래서 인사하러 왔어?"

"겸사겸사 찾아왔습니다."

"겸사겸사?"

"이 사람, 기억합니까?"

태식이 신용섭의 얼굴이 찍힌 사진을 내밀었다.

다행히 점쟁이의 기억력이 아주 꽝은 아니었다.

사진을 한참 바라보던 점쟁이가 기억이 난 듯 무릎을 탁 치며 말했다.

"눈먼 놈이구만."

그 표현을 듣고서 태식이 피식 실소를 터뜨렸다.

좋은 선수들을 가까이 두고도 제대로 진가를 알아보지 못하는 신용섭에게 딱 어울리는 표현이란 생각이 들었기 때문이다.

"그런데 눈먼 놈 사진을 왜 갖고 왔어?"

"부탁이 있어서입니다."

"부탁? 무슨 부탁인데?"

"눈먼 사람의 눈이 좀 뜨이게 해주십시오."

태식이 본론을 꺼내자, 점쟁이가 기가 막히다는 표정을 지은 채 소리쳤다.

"내가 의산 줄 알아? 눈먼 놈 눈을 어떻게 뜨게 만들어?"

"의사보다 더 대단하지 않습니까?"

"아부는."

끌끌 혀를 차는 점쟁이였지만 기분이 나쁜 것 같지는 않았다.

"내가 어떻게 해주면 돼?"

"곧 다시 찾아올 겁니다."

"누가?"

"눈먼 사람이요."

"그런데?"

"그때, 힌트를 좀 주십시오."

"힌트?"

"눈을 뜨고 제대로 살필 수 있게 확실한 힌트를 주시란 말입니다."

"힌트를 확실히 주라고? 뭐, 어려운 건 아니니까 그리하지. 아주 틀린 점괘를 말하는 것도 아니고."

점쟁이에게 부탁을 마친 태식이 미련 없이 자리에서 일어났을 때였다.

"왜 그냥 가?"

의아한 시선을 던지면서 점쟁이가 물었다.

"볼일을 마쳤으니까요."

"점괘 안 봐? 내 신빨 좋다는 것, 이제 알잖아?"

"네, 압니다."

"네 운명, 안 궁금해?"

"궁금합니다."

"그런데?"

"그냥 궁금한 채로 남겨둘 생각입니다."

"왜?"

"제 인생이니까요."

"……?"

"그동안 쭉 운명에 휘둘리면서 살아왔습니다. 그래서 이번에는 그 운명과 한번 맞서 싸워볼 생각입니다."

태식이 힘주어 말하고 막 천수암을 빠져나가려 했을 때, 점쟁이가 클클 웃으며 한마디를 덧붙였다.

"잘 생각했어. 다신 찾아오지 마."

8. 위아래

이미 3연전 가운데 두 경기를 먼저 내준 신용섭이 경기 시작 전에 훈련하는 선수들을 살폈다.

"명심해. 선입견을 버리기 전에는 절대 보물을 알아보지 못할 거야."

그런 신용섭의 귓가에 천수암의 점쟁이가 했던 말이 되살아났다.

만약 오늘 경기마저 패해서 화성 울트라스에게 스윕을 당하고, 남부 리그 꼴찌 팀인 고성 히어로스가 승리를 거둔다면 신용섭이 이끄는 마경 스왈로우스는 퓨처스 리그 전체 꼴찌로 추락한다.

"그것만은 절대 안 돼."

어떻게든 퓨처스 리그 꼴찌로 추락하는 것만큼은 막고 싶었다.

해서 신용섭도 오늘 경기의 선발 라인업에 변화를 줄 생각이었다. 그렇지만 선발 라인업에 새로이 포함시킬 선수는 아직 결정하지 못한 상태였다.

딱히 눈에 띄는 선수가 없었기 때문이다.

"원래 보물은 버리려고 하는 물건에 섞여 있는 법이지. 알아보기 어렵게 잔뜩 녹이 슨 채로 말이야."

점쟁이가 했던 이야기를 다시 떠올린 신용섭이 혀를 내밀어 입술을 축였다.

"버리려고 하는 물건이라."

솔직히 말하면 현재 마경 스왈로우스 2군 팀에는 버리고 싶은 선수들이 많았다.

팀 전력에 하등 도움이 안 된다고 생각해서 전력 외로 분류한 선수들.

점쟁이는 그들 가운데 보물이 섞여 있다고 말했다.

"너무 많아서 문제지."

짤막한 한숨을 내쉬던 신용섭은 천수암을 떠나기 전에 점 쟁이가 마지막으로 덧붙인 말을 떠올렸다.

"위아래."

"위아래?"

대체 무슨 뜻일까?

제대로 된 설명을 요구하는 눈빛을 던졌지만, 점쟁이는 그 말을 끝으로 그대로 입을 다물어 버렸다.

신용섭은 그 후로 계속 그 말에 담긴 의미를 고심했다.

포털 사이트에 검색도 해봤고, 같은 제목을 가진 걸그룹의 노래를 반복 재생시켜 계속 들어보기도 했다.

귀에 착착 감기는 멜로디를 흥얼거리며 노래 가사를 곱씹어 봤지만, 아무 연관점도 찾지 못했다.

"그냥 막 던진 말인가?"

고개를 절레절레 흔들던 신용섭이 순간 흠칫했다.

"혹시… 그런 뜻인가?"

퍼뜩 하나의 생각이 머리를 스치고 지나갔다.

그런 신용섭의 시선이 더그아웃을 훑었다.

김태식, 그리고 용덕수.

두 선수는 모두 신용섭이 전력 외로 분류한 선수들이었다. 그리고 김태식은 현재 마경 스왈로우스 팀에서 가장 나이가 많았고, 용덕수는 가장 나이가 어렸다.

"한번… 내보내 볼까?"

두 선수를 오늘 경기에 선발 출전시키는 것이 그리 내키지 않았다.

딱히 기대치가 없었기 때문이다.

그럼에도 불구하고 신용섭이 선발 라인업에 김태식과 용덕수의 이름을 적어 넣으려는 이유는 두 가지.

팀 분위기 쇄신을 위해서는 어떤 식으로든 변화가 필요한 것이 첫 번째 이유, 천수암의 점쟁이가 했던 말이 마음에 걸린 것이 두 번째 이유였다.

"까짓것 속는 셈 치자고."

설령 김태식과 용덕수가 부진하더라도 기존의 주전 선수들에게 경각심을 불러일으키는 최소한의 효과는 있다고 판단한 신용섭이 두 선수의 이름을 마지막으로 적어 넣으며 선발 라인업을 완성했다.

*   *   *

2루수 겸 8번 타자.

신용섭이 결정한 태식의 수비 포지션과 타순이었다.

"천수암의 점쟁이가 무슨 수를 썼는지 몰라도… 제대로 통했네."

편법을 사용했을 정도로 간절했던 경기 출전 기회를 마침내 잡았다. 그렇지만 수비 포지션은 썩 마음에 들지 않았다.

고교 시절 태식의 주 포지션은 투수와 외야수였다.

투수로 경기에 나서지 않을 때는 주로 중견수를 맡았다. 그렇지만 투수에서 타자로 전향한 후에는 주로 2루 수비를 맡고 있었다.

부상으로 인해 어깨가 강하지 않다는 약점 때문에 외야수가 아닌 2루 수비를 맡았던 것이다.

"우선은 2루수로 뛰어야지. 그렇지만 머잖아 내 수비 위치를 되찾을 거야."

2루 수비 위치로 들어선 태식이 포수 마스크를 쓴 용덕수를 살폈다.

간만의 선발 출전으로 인해 흥분한 기색인 용덕수가 살짝 불안했지만, 태식도 경기 출전이 오래간만인 것은 마찬가지였다.

용덕수를 신경 쓸 정도의 여유는 없었다.

"플레이볼!"

알아서 잘하겠거니 하는 생각을 하며 태식이 숨을 들이쉬었을 때, 심판의 선언과 함께 마침내 경기가 시작됐다.

마경 스왈로우스는 1회부터 위기를 맞았다.

선발투수로 나선 윤중규는 제구 난조를 드러내며 1번 타자와 2번 타자에게 연속 볼넷을 허용했다. 그리고 3번 타자를 상대로 초구 스트라이크를 잡기 위해 던진 공은 3점 홈런으로 이어졌다.

0 : 3.

마운드에 올라온 후, 아웃 카운트 하나도 잡지 못하고 3실점을 허용한 윤중규가 고개를 절레절레 흔드는 것이 보였다.

"타자가 잘 쳤어요!"

윤중규는 이렇게 항변하는 듯한 표정이었다. 그렇지만 윤중규의 투구를 살피던 태식의 생각은 달랐다.

130㎞대 중반의 밋밋한 직구가 제구도 되지 않아 한가운데 높은 코스로 몰렸으니 명백한 실투였다.

저런 밋밋한 직구와 형편없는 제구로는 1군 무대는커녕 2군 선수들이 뛰는 퓨처스 리그에서도 버티기 힘들었다.

"차라리… 내가 던지고 싶다!"

윤중규를 바라보던 태식이 작게 혼잣말을 꺼냈다.

1군이 아니라 2군 선수들이 뛰는 퓨처스 리그인 만큼 150㎞에 육박하는 직구 하나만으로도 타자들을 요리할 자신이 있었다. 그러나 태식은 그 욕심을 애써 억눌렀다.

아직은 적당한 때가 아니었기 때문이다.

다행히 윤중규는 홈런을 얻어맞고 정신을 차린 듯 더 이상 실점을 허용하지 않고 이닝을 막아냈다. 그리고 여전히 3점차로 뒤지고 있던 3회 말의 선두 타자로 태식이 타석에 들어섰다.

오늘 경기 화성 울트라스의 선발투수는 조계현.

올 시즌 화성 울트라스 팀의 에이스 역할을 맡고 있었다.

그는 슬럼프에 빠진 마경 스왈로우스의 타자들을 상대로 2이닝 동안 볼넷 하나만 허용했을 뿐, 안타와 실점을 허용하지 않고 있었다.

'투 피치 유형의 투수!'

태식이 타석으로 들어서며 조계현에 대해서 분석했던 것을 떠올렸다.

직구와 슬라이더.

구종은 무척 단순했지만, 공의 위력은 좋은 편이었다.

140㎞ 초반의 평균 구속을 기록하는 직구는 위력적이었고, 홈 플레이트를 통과하기 직전에 살짝 꺾이며 휘어 나가는 슬라이더는 날카로운 면이 있었다.

'초구를 노린다!'

태식이 결심을 굳힌 채 고민에 잠겼다.

그동안 꾸준히 눈 훈련을 해왔다. 하지만 눈 훈련이 확실한 성과를 드러내기에는 아직 시간이 더 필요했다.

'게스 히팅!'

지금은 투수가 던진 공의 구종을 눈으로 확인하고 나서 타격을 할 정도로 준비가 되지 않은 상황.

해서 태식이 선택한 것은 게스 히팅이었다.

즉, 투수가 던질 공을 미리 예측해서 타격을 하는 것이었다.

'초구로 들어올 공은?'

태식의 머릿속이 바쁘게 돌아갔다.

마운드에 서 있는 조계현이 투 피치 유형의 투수인 만큼, 선택지는 좁았다.

직구와 슬라이더.

확률은 반반이었다.

'어떤 구종일까?'

더그아웃에서 유심히 살펴본 조계현의 투구는 경기 초반 슬라이더 위주로 카운트를 잡고, 간간이 직구를 섞어 던지고 있었다. 그리고 슬라이더가 평소보다 더 날카로웠기 때문에 지금까지 단 하나의 안타도 허용하지 않고 있었다.

'슬라이더?'

그런 만큼 조계현이 초구로 슬라이더를 던질 확률이 높다고 판단했던 태식이 이내 표정을 굳혔다.

'나에 대해 분석하지 않았을까?'

9. 가치 증명

'그럴 가능성은 낮아!'

자신이 조계현에 대해 분석했듯이, 조계현 역시 자신에 대해 분석했을 확률이 높다고 판단했다.

그러나 태식은 이내 고개를 흔들었다.

갑자기 선발 라인업에 복귀한 터라 태식에 대해서 분석을 할 시간적 여유가 없었을뿐더러, 굳이 분석까지 할 정도로 태식이 대단한 선수는 아니었다.

현재 대외적으로 드러나 있는 오래된 태식에 대한 정보가 조계현이 알고 있는 전부일 터였다.

'순발력과 근력이 떨어지며 배트 스피드가 떨어져서 빠른 공에 제대로 대처하지 못하는 한물간 노장 선수!'

조계현은 아마 자신을 이렇게 분석했을 확률이 높았다.

'직구다!'

해서 조계현이 슬라이더가 아닌 직구를 던질 것이라고 판단을 내린 태식이 다음으로 코스에 대해 고민했다.

'몸 쪽? 바깥쪽? 어느 쪽일까?'

한가운데로 몰린 실투가 들어온다면 가장 좋겠지만, 그럴 가능성은 낮았다. 해서 고민을 거듭하던 태식이 두 눈을 빛냈다.

17년 가까이 프로 야구 선수로 뛰면서 태식이 기록한 통산 홈런의 개수는 채 열 개가 되지 않았다.

장타력이 현저히 떨어진다는 증거.

그 사실을 조계현도 알고 있다면, 굳이 바깥쪽 승부를 하지 않을 것이라는 생각이 퍼뜩 뇌리를 스치고 지나갔다.

'몸 쪽 직구!'

태식이 막 계산을 마쳤을 때, 조계현이 힘차게 와인드업을 했다.

쐐애액.

조계현의 손을 떠난 공이 순식간에 홈 플레이트로 향했다.

'칠 수 있다!'

태식의 계산이 적중했다.

조계현이 던진 초구는 140㎞ 초반의 직구가 맞았다. 게다가 조금 높게 제구된 채 몸 쪽 코스로 들어오고 있었다.

예전이었다면 배트 스피드가 빠른 공을 제대로 따라가지 못했을 터였다. 그러나 지금은 달랐다.

스무 살 때의 신체로 돌아온 만큼 순발력은 최상이었고, 그동안 피칭머신을 상대로 연습했던 노력도 빛을 발했다.

따악!

태식이 지체 없이 배트를 돌린 순간, 경쾌한 타격음이 흘러나왔다.

손바닥에 전해지는 묵직하면서도 기분 좋은 울림을 제대로 느낄 새도 없이 태식이 1루 베이스를 향해 달려 나갔다.

좌중간을 완벽하게 갈라놓은 타구는 원 바운드로 펜스 하단을 때렸다.

'아직 힘이 모자라!'

1루 베이스를 밟고 2루로 향해 뛰던 태식이 슬쩍 미간을 찌푸렸다.

타이밍은 완벽했다.

만약 타격 시에 조금만 더 힘을 실을 수 있었다면, 펜스를 훌쩍 넘겼을 텐데.

아직 타석에서의 힘이 부족한 것을 절감하며 2루 베이스에 거의 도착한 태식이 타구를 슬쩍 살폈다.

펜스 하단에 부딪히고 떨어진 공을 글러브가 아닌 손으로 잡던 중견수가 한 번 더듬는 것이 보였다.

'뛴다!'

무사 상황에서 2루에 주자가 있는 것과 3루에 주자가 있는 것은 차이가 컸다.

중견수가 공을 더듬는 것을 확인하자마자 거침없이 3루로 내달린 태식이 몸을 아끼지 않고 헤드 퍼스트 슬라이딩을 감행했다.

순간 부상에 대한 두려움이 밀려들었다.

그렇지만 지금은 몸을 사릴 때가 아니었다.

어렵사리 잡은 기회에서 뭔가를 보여줘야 했다.

타앗!

퍽!

3루 베이스에 태식의 오른손이 닿은 것과 깔끔한 중계 플레이를 거친 공이 들어가 있는 3루수의 글러브가 태식의 등에 닿은 것은 거의 동시였다.

그렇지만 간발의 차로 태식의 손이 빨랐다.

"세이프!"

3루심이 세이프를 선언한 순간, 태식이 유니폼에 잔뜩 묻어 있는 흙을 털면서 더그아웃을 살폈다.

오랜만에 경기에 출전한 태식이 첫 타석부터 3루타를 기록하자 놀란 걸까?

입을 쩍 벌리고 있는 신용섭이 보였다.

'일단 눈도장을 찍는 데는 성공했어!'

첫술에 배가 부를 수는 없는 노릇.

앞으로도 매 순간이 태식에게는 시험대이겠지만, 일단 첫 단추는 나름 잘 꿰었다는 생각이 들었다.

"타순 배치는 나쁘지 않아!"

무사 3루 상황에서 타석에 들어서는 9번 타자 용덕수를 보며 태식이 작게 중얼거렸다.

8번 타순에 배치된 것은 조금 아쉬웠다.

상위 타선에 배치될 때보다 타석에 설 기회가 줄어드는 것은 틀림없었으니까.

그렇지만 태식의 다음 타석인 9번 타순에 용덕수가 배치된 것은 분명히 호재라고 할 수 있었다.

'내가 찬스를 만들고, 덕수가 적시타를 때린다!'

태식이 바라고 있는 그림이었다.

따악!

그 순간, 용덕수가 힘차게 배트를 휘둘렀다.

따악!

배트 중심에 걸린 타구가 높이 솟구친 채 뻗어나가 펜스 앞에서 잡힌 순간, 태식이 태그 업을 시도해서 팀의 첫 득점을 올렸다.

팀의 첫 득점을 올리는 희생플라이를 쳤음에도 불구하고 아쉬운 기색이 역력한 용덕수의 어깨를 두드리며 태식이 말했다.

"잘했다."

"네? 네."

칭찬을 듣고서야 표정이 조금 나아진 용덕수에게 태식이 한마디를 덧붙였다.

"다음번엔 적시타를 날려."

*   *   *

태식의 두 번째 타석은 5회 말에 돌아왔다.

7번 타자인 김기회가 볼넷을 얻어내며 1사 1루 상황에서 타석에 들어선 태식이 여전히 마운드를 지키고 있는 조계현을 바라보았다.

첫 실점의 빌미를 허용했던 3루타를 때려냈던 태식을 바라보는 조계현의 눈빛은 날카로웠다.

'자존심이 상한 건가?'

그런 조계현의 눈빛에 지지 않고 눈싸움이라도 하듯 마주

노려보던 태식이 희미한 웃음을 머금었다.

한물간 퇴물 선수라고 낙인이 찍힌 자신에게 3루타를 허용했으니 조계현은 자존심이 상했을 가능성이 높았다. 그리고 두 번째 대결에서는 보란 듯이 자신을 삼진으로 돌려세우고 싶으리라.

물론 태식도 순순히 당할 생각은 없었다.

경기가 중반에 돌입했지만 스코어는 여전히 1 : 3.

지금 시점에 경기 흐름을 바꾸지 못한다면 경기 후반까지 계속 끌려다니다가 패할 확률이 높았다.

'큰 것 한 방을 노리자!'

첫 타석에서 3루타를 치긴 했지만, 아쉬움이 남았다.

그 이유는 충분히 홈런으로 연결시킬 수 있었던 완벽한 타이밍에 배트에 걸렸던 타구였기 때문이다.

"제대로 힘을 못 실었어."

일단 안타를 쳐서 살아 나가야 한다는 생각이 너무 강했던 터라, 타격을 하는 마지막 순간에 제대로 힘을 싣지 못했다. 그리고 이번 타석에서는 첫 타석의 아쉬움을 털어버릴 생각이었다.

'어떤 공을 던질까?'

타석에 선 태식이 신중하게 수 싸움을 펼쳤다.

아까 몸 쪽 직구를 던지다가 태식에게 3루타를 얻어맞았으니, 이번엔 볼 배합을 바꿀 확률이 높았다.

'슬라이더가 들어오려나?'

태식이 가볍게 고개를 흔들었다.

'직구 승부를 다시 한다!'

태식이 그렇게 판단한 이유는 조계현의 강렬한 눈빛이었다.

화성 울트라스의 에이스답게 조계현은 자존심이 강했다.

그런 그가 퇴물이라 불리며 최근 경기에 출전도 하지 못했던 자신에게 3루타를 얻어맞고 입은 자존심의 상처는 컸다. 그리고 조계현은 구겨진 자존심을 회복하기 위해서 다시 직구 승부를 할 거란 생각이 들었다.

'아까 얻어맞은 것은 우연이다. 이번에 똑같은 공을 던져서 그게 우연이었다는 것을 증명해 주마. 이런 생각을 갖고 있겠지.'

포수의 사인에 연신 고개를 흔들던 조계현이 고개를 끄덕이는 것을 바라보며 태식의 복잡하던 머릿속이 간결해졌다.

'바깥쪽 직구다!'

조계현이 직구를 던질 코스도 예측이 됐다.

몸 쪽 직구를 던지다가 3루타를 허용했으니, 장타를 의식해서 이번에는 바깥쪽 직구를 던질 가능성이 높았다.

슈아악!

와인드업을 마친 조계현이 힘껏 공을 뿌렸다.

예상대로 코스는 바깥쪽.

낮게 제구된 직구가 홈 플레이트를 통과하는 순간, 태식의 배트가 벼락처럼 돌아갔다.

따악!

첫 번째 타석 때와는 달랐다.

바깥쪽 낮은 코스의 직구가 들어올 것이란 확신을 가졌기에 어퍼 스윙을 한 배트 한가운데에 공이 맞았다.

묵직하면서도 짜릿한 손맛!

'넘어가라!'

간절한 바람이 통한 걸까?

1루 베이스를 향해 뛰어가던 태식의 눈에 좌중간 펜스를 살짝 넘어가는 타구의 궤적이 들어왔다.

홈런이 되었음을 확인했음에도 태식은 속도를 줄이는 대신 전력 질주를 하며 그라운드를 돌았다.

'할 수 있다!'

두 번째 타석에서 홈런을 기록한 순간, 그동안 꿈꾸었던 것들을 현실로 만들 수 있다는 확신이 들었다.

그리고.

뜻대로 풀리기 때문일까?

다시 야구가 재밌어지기 시작했다.

먼저 홈 플레이트를 통과한 1루 주자였던 김기회가 얼떨떨

한 표정을 지은 채 서 있는 것이 보였다.

"왜? 놀랐어?"

"그게 좀……."

"타석에서 집중한 덕분에 홈런을 칠 수 있었어."

"……."

"집중력! 명심해!"

픽 웃으며 김기회에게 한 번 더 충고를 건넨 태식이 대기 타석에서 기다리던 용덕수와 하이파이브를 나누었다.

"형, 죽였어요."

"벌써 놀라면 곤란해."

"……?"

"앞으로 놀랄 일이 수두룩하게 남아 있으니까."

용덕수와 마주 웃은 후 더그아웃으로 돌아온 태식이 숨을 골랐다.

예전이었다면 전력 질주를 하고 나면 심장이 입 밖으로 튀어나올 것처럼 숨이 가쁘고 힘들었는데.

지금은 조금 숨이 가빠진 것이 다였다.

그로 인해 다시 한번 자신의 신체 나이가 젊어졌다는 것은 실감하던 태식이 그라운드를 살폈다.

따악!

용덕수가 때린 잘 맞은 타구는 아쉽게도 코스가 좋지 않았다.

우익수의 글러브에 타구가 빨려 들어가면서 용덕수는 두 번째 타석에서도 안타를 기록하지 못했다.

"어깨 쭉 펴고 당당하게 기다려. 아직 기회는 남아 있으니까."

"하지만……."

초조한 기색이 역력한 용덕수에게 태식이 덧붙였다.

"그 기회는 내가 만들어준다고 약속하마."

*   *   *

3 : 3.

5회 말, 태식의 2점 홈런으로 경기의 균형추가 맞추어졌다. 그리고 경기는 동점 상황으로 후반부에 접어들었다.

7회 말, 1사 주자 없는 상황에서 다시 태식의 타석이 돌아왔다.

타석에 들어서기 전, 태식이 더그아웃을 살폈다.

오늘 경기의 승리가 무척 간절한 신용섭 감독이 기도하듯 양손을 모은 채로 감독석에 앉아 있었다.

그런 그의 표정은 기대에 차 있었다.

첫 번째 타석과 두 번째 타석에서 모두 장타를 기록한 태식의 활약을 직접 보았기 때문이리라.

"무조건 살아 나가자."

지금 중요한 것은 출루를 해서 득점 찬스를 만드는 것이었다. 그래서 아까 약속했던 대로 용덕수에게 결승타를 날릴 기회를 만들어줘야 했다.

천천히 타석에 들어선 태식이 마운드 위에 서 있는 투수를 살폈다.

아까 태식에게 홈런을 허용한 것을 끝으로 화성 울트라스의 선발투수인 조계현은 강판당했다.

뒤이어 올라온 불펜 투수 장대훈이 6회에 이어 7회에도 마운드를 지키고 있었다.

'우완 정통파. 직구 평균 구속은 130㎞대 중후반, 주로 던지는 구종은 직구와 슬라이더, 그리고 슬로 커브.'

태식이 불펜 투수 장대훈에 관한 정보를 떠올리며 수 싸움을 시작했다.

'초구로 뭘 던질까?'

지난 두 타석에서 태식이 3루타와 홈런을 잇따라 기록한 것을 더그아웃에서 지켜보았기 때문일까.

장대훈은 신중한 표정으로 태식과의 대결을 준비하고 있었다.

'직구? 슬라이더?'

어느 쪽일까?

더그아웃에서 지켜본 장대훈은 조계현의 뒤를 이어 마운드에 올라온 후, 주로 직구와 슬라이더 위주의 피칭을 했다.

커브도 간간이 섞어 던지긴 했지만, 제구가 뜻대로 되지 않는 듯 사용 비중이 점점 낮아졌다.

'슬라이더!'

타석에 선 채 치열하게 수 싸움을 하던 태식이 내린 결론이었다.

선발투수였던 조계현이 태식에게 3루타와 홈런을 허용한 구종이 바로 직구였다.

게다가 장대훈의 직구는 조계현의 직구에 비해 구속과 위력이 더 떨어지는 편이었다.

그런 만큼 자신을 상대로 무리하게 직구 승부를 펼치지 않을 확률이 높다는 생각이 들었다.

그렇다면 남은 건 슬라이더와 커브.

그러나 커브의 제구가 뜻대로 되지 않는 편이니, 초구 스트라이크를 잡기 위해서 슬라이더를 던질 확률이 높다는 결론을 내린 것이다.

슈아악!

와인드업을 마친 장대훈의 손에서 떠난 공이 홈 플레이트를 통과하는 순간, 태식도 배트를 휘둘렀다.

그렇지만 태식이 휘두른 배트는 텅 빈 허공을 가르고 지나
갔다.

'커브? 수 싸움에서 패했다?'

장대훈이 던진 초구는 태식이 예상했던 슬라이더가 아니라
커브였다.

뚝 떨어지는 커브에 속아 헛스윙을 한 태식이 헬멧을 손으
로 툭 치며 다시 계산을 시작했다.

'다음 공은?'

직구는 무조건 배제할 것이란 생각이 들었다. 그래서 이번
엔 슬라이더가 아닐까 생각했지만, 예상은 또다시 빗나갔다.

"스트라이크!"

슬라이더를 노리고 배트를 내밀었던 태식이 커브임을 확인
하고 도중에 배트를 멈춰 세웠지만, 주심은 스트라이크존을
통과했다고 판단했다.

노 볼 투 스트라이크.

볼카운트가 불리해진 상황에서 다시 타석에 선 태식이 마
른침을 삼켰다.

수 싸움에서 연달아 패하며 카운트가 불리하게 몰린 상황
이 되자, 머릿속이 더욱 복잡해졌다.

'무슨 공이 올까?'

바쁘게 계산하던 태식이 이내 고개를 흔들며 생각을 털어

버렸다.

'방망이에 일단 맞추자!'

머릿속에 생각이 많다고 해서 좋은 타격을 할 수 있는 것은 아니었다.

슈아악!

'커브!'

홈 플레이트를 향해 날아오는 3구를 지켜보던 태식이 들어 올렸던 오른 다리를 바닥에 힘껏 착지하면서 배트를 휘둘렀다.

래그킥.

직구 타이밍에 맞추었던 탓에 스윙이 나가는 것이 빨랐다.

도중에 구종이 커브임을 알아채고 스윙의 속도를 최대한 늦춘 덕분에 타구는 방망이 끝에 걸렸다.

데굴데굴.

평범한 내야 땅볼.

그러나 허리가 빠지면서 툭 갖다 맞힌 타구의 코스는 태식이 의도했던 대로 3루수와 유격수 사이로 향했다.

'깊어!'

3루수가 잡기에는 깊은 코스라는 태식의 판단이 옳았다.

3루수가 쭉 내민 글러브는 타구에 미치지 못했고, 유격수가 타구를 잡아서 역모션으로 1루로 송구했다.

그렇지만 전력 질주를 한 태식의 발이 1루 베이스에 닿은 것이 송구가 1루수의 글러브로 들어오는 것보다 조금 더 빨랐다.

내야 안타.

1루 베이스 위에 서서 호흡을 고르던 태식이 환하게 웃었다.

비록 타이밍은 전혀 맞지 않았지만, 내야 안타를 만들어낼 수 있었던 것은 절묘한 배트 컨트롤 덕분이었다.

말 그대로 경험이 만들어낸 안타.

비록 성공한 야구 선수는 아니었지만, 태식은 타석에 선 경험이 풍부했다. 그리고 신체 나이가 스무 살로 돌아왔지만, 오랫동안 야구를 하며 쌓아왔던 경험은 사라지지 않고 고스란히 남아 있었다.

그동안 여러 차례 수모를 겪으면서 그라운드에서 힘겹게 쌓았던 경험이 앞으로 커다란 무기가 될 확률이 높았다.

"이젠 투수를 흔들어야겠군."

태식이 서서히 1루 베이스와의 거리를 벌렸다.

언제든지 스타트를 끊을 수 있다는 강한 의지를 드러내자, 장대훈이 신경을 곤두세우기 시작했다.

"세이프."

"세이프!"

연달아 두 개의 견제구를 던진 장대훈은 용덕수와의 대결에 제대로 집중하지 못하고 있었다.

반면 희생플라이를 날려 타점을 올리긴 했지만, 지난 두 타석에서 안타를 기록하지 못한 용덕수는 타석에서 대단한 집중력을 발휘하고 있었다.

다시 1루 베이스와의 간격을 서서히 늘리며 태식이 검지를 들어 입술 앞에 갖다 댔다.

그 모션을 확인한 용덕수가 가볍게 고개를 끄덕이는 것을 확인한 태식이 크게 숨을 들이켰다.

방금 검지를 입술에 갖다 댄 것은 조용히 하라는 의미가 아니었다.

용덕수와 태식만 알고 있는 일종의 사인이었다.

검지를 입에 갖다 대면 직구가 들어올 확률이 높다는 것이었고, 귀를 만지면 유인구가 들어올 확률이 높다는 식의 사인을 미리 정해두었다. 그리고 태식이 용덕수를 상대하는 장대훈이 직구를 던질 것이라고 판단한 이유는 그가 도루를 무척 의식하고 있었기 때문이다.

호시탐탐 스타트를 끊을 기회를 엿보고 있는 태식에게 도루를 허용하지 않기 위해서 장대훈은 변화구가 아닌 직구를 던질 확률이 분명히 높은 상황이었다.

슈아악!

이번에는 견제구를 던지는 대신 장대훈은 타자와 승부했다.

장대훈의 손에서 공이 떠난 순간, 태식이 주저하지 않고 스타트를 끊었다.

따악!

태식의 예상대로 직구가 들어오자, 타석에서 잔뜩 벼르고 있던 용덕수가 힘차게 배트를 돌렸다. 그동안 피칭머신과 외로운 싸움을 해왔던 용덕수의 노력이 마침내 빛을 발했다.

130㎞대 중반의 직구는 용덕수에게 좋은 먹잇감이었다.

정확한 타이밍에 걸린 타구는 우중간을 꿰뚫고 펜스까지 굴러갔다.

일찌감치 스타트를 끊었던 태식은 도중에 멈추거나 망설이지 않고 홈으로 쇄도했다. 그리고 슬라이딩도 필요 없었다.

포수의 글러브에 공이 도착했을 때, 태식은 이미 홈베이스를 통과한 후였다.

4 : 3.

역전에 성공한 순간, 태식이 주먹을 허공에 들어 올렸다.

마침내 첫 안타를 때려내고 2루에 안착한 용덕수가 주먹을 허공으로 높이 들어 올리며 화답했다.

"뒤집었다!"

감독석에 앉아 있던 신용섭이 주먹을 불끈 움켜쥐었다.

선발투수로 나섰던 윤중규가 1회에 3점 홈런을 얻어맞고 끌려가기 시작했을 때만 해도 오늘 경기를 뒤집기 어렵다고 판단했다.

착 가라앉은 팀 분위기, 그리고 집단 슬럼프에 빠진 타자들이 화성 울트라스의 에이스인 조계현을 상대로 석 점 이상 뽑아내기가 어려울 것이라고 예상했기 때문이었다.

그러나 신용섭의 예상은 보기 좋게 빗나갔다. 그리고 자신의 예상이 빗나갔음에도 신용섭은 오히려 기분이 좋았다.

"저렇게… 발이 빨랐어?"

신용섭이 전력 질주해서 역전 득점을 올린 김태식을 놀란 눈으로 바라보았다.

조금 전, 용덕수가 때린 1타점 적시타는 배트 중심에 제대로 걸렸다.

우중간 코스를 완벽히 꿰뚫고 펜스 앞까지 굴러가긴 했지만, 타구가 워낙 빨랐던 데다가 화성 울트라스 수비진의 중계 플레이도 깔끔했던 편이었다.

해서 홈에서 접전이 펼쳐지지 않을까 우려했는데.

결과는 전혀 달랐다.

송구를 건네받은 포수가 태그를 시도할 기회조차 없었을 정도로, 김태식은 여유 있게 세이프 판정을 받았다.

그 원동력은 두 가지.

하나는 1루 주자였던 김태식의 스타트가 워낙 좋았던 데다가 타구 판단도 무척 빨랐기 때문이고, 나머지 하나는 김태식의 발이 신용섭이 예상했던 것보다 훨씬 더 빨랐기 때문이다.

"별로 지친 기색도 아닌데?"

야구 선수에게 서른일곱이란 나이는 적지 않았다.

가만히 서 있기도 힘든 무더운 날씨에 홈까지 전력 질주를 했으니 지쳐야 하는 것이 당연했다.

그렇지만 더그아웃으로 돌아온 김태식은 숨도 그리 가빠하지 않았고, 얼굴도 지친 기색이 전혀 없이 쌩쌩했다.

"보약이라도 먹나?"

김태식을 보며 고개를 갸웃하던 신용섭이 머리를 긁적였다.

"어쨌든… 점쟁이 말이 적중했네."

보물을 곁에 두고도 알아보지 못한다는 천수암의 점쟁이가 했던 말이 모두 옳았던 셈이었다.

오늘 경기에서 마경 스왈로우스가 올린 4득점은 김태식과 용덕수가 다 만들었다고 해도 과언이 아니었다. 그리고 오늘 경기의 활약상만 놓고 보면 김태식과 용덕수는 보물이라고 해도 과언이 아니었다.

"덕분에 꼴찌로 추락하는 건 막을 수 있겠어!"

경기 후반에 극적으로 전세를 뒤집은 상황이니, 이제는 오늘 경기의 승리를 확실히 굳혀야 했다.

뜨거운 햇살이 내리쬐고 있는 그라운드를 살피던 신용섭이 감독석에서 일어나며 작전을 지시했다.

*   *   *

"교체?"

신용섭 감독이 루상의 용덕수를 불러들이고 대주자를 기용하는 작전을 지시한 순간, 태식이 눈살을 찌푸렸다.

3타수 1안타 2타점.

오늘 경기에 선발 출전한 용덕수가 남긴 기록이었다.

안타는 하나뿐이었지만 2타점을 올렸고, 비록 안타로 연결이 되진 않았지만 타구의 질도 모두 좋았다.

게다가 포수 마스크를 쓰고 나선 수비에서도 큰 실책을 저지르지 않고 무난히 경기를 이끌었다.

그렇지만 신용섭 감독은 2루 주자였던 용덕수를 대주자로 교체하는 결정을 내렸다.

물론 전혀 이해가 가지 않는 작전 지시는 아니었다.

비록 역전에 성공하기는 했지만, 고작 1점차.

불안한 리드 상황이었고, 그래서 신용섭 감독은 추가점을 올리고 싶었으리라.

하지만 방금 내린 작전 지시가 신용섭 감독이 팀 내 선수들을 제대로 파악하지 못하고 있다는 증거였다.

용덕수의 장점 가운데 하나는 포지션이 포수임에도 불구하고 발이 꽤 빠른 편이라는 것이었다.

지금 대주자로 기용한 채철수와 비교하면 조금 느린 편이지만, 작전 수행을 충분히 해낼 정도로 발이 빠른 편이었다.

그래서 태식이 판단하기에 타격감이 무척 좋은 용덕수를 교체하는 것이 실수라고 판단했는데.

틱!

역시나 신용섭 감독이 지시한 보내기 번트 작전은 실패로 끝났다.

1번 타자가 댄 번트는 너무 강했고, 투수인 장대훈은 공을 포구하자마자 지체 없이 3루로 던져서 대주자 채철수를 잡아냈다.

결국 후속타가 터지지 않으면서 추가점을 올리는 데 실패했기에 용덕수를 교체한 것이 더욱 아쉽게 느껴졌다. 그리고 아직 끝이 아니었다.

8회 초 수비에 나서기 위해서 준비를 하고 있던 태식의 곁으로 다가온 코치가 교체를 통보했다.

"정말 교체입니까?"

"그래, 감독님 지시야. 수비 강화를 위해서라고 하시더군."

교체 통보를 받고 글러브를 벗은 태식이 더그아웃에 다시

앉았다.

3타수 3안타 2타점 3득점.

오늘 경기에 선발 출전했던 태식이 남긴 기록이었다.

잘하면 9회에 한 번 더 타석에 설 기회가 있을지도 모르겠다고 기대했는데.

신용섭 감독의 교체 지시로 인해 한 번 더 타석에 설 기회는 완전히 사라졌다.

해서 아쉬운 표정으로 그라운드를 바라보고 있을 때, 용덕수가 분한 표정을 지은 채 곁으로 다가왔다.

"아쉽지 않으세요?"

"응?"

"사이클링 히트요."

사이클링 히트(cyclying hit)는 타자가 한 경기에서 1루타, 2루타, 3루타, 홈런을 모두 기록하는 것을 지칭하는 용어였다.

한 시즌을 치르는 동안 몇 번 나오지 않는 대기록.

태식은 오늘 세 번 타석에 들어서서 3루타와 홈런, 그리고 1루타를 기록했다.

2루타 하나만 더 추가했다면 사이클링 히트라는 대기록을 달성할 수 있던 상황이었다. 그러나 대기록을 달성할 기회는 교체가 되면서 날아갔다.

"사이클링 히트를 기록할 수 있도록 기회는 줘야 하는 것 아닙니까?"

대주자로 교체된 것에 못내 아쉬움을 갖고 있던 용덕수가 살짝 언성을 높였다.

물론 태식도 아쉬웠다.

만약 9회에 한 번 더 타석에 설 기회가 주어졌다면, 사이클링 히트를 완성할 자신도 갖고 있었다.

그러나 태식은 곧 그 아쉬움을 털어버렸다.

1군 무대도 아니고, 퓨처스 리그에서 작성하는 사이클링 히트 기록은 큰 의미가 없다고 판단했기 때문이었다.

"흥분할 것 없어."

"하지만……."

"다음에 하면 돼. 1군으로 올라간 다음에 말이야."

"……."

"오히려 잘됐다."

태식이 한마디를 더하자, 용덕수가 의아한 시선을 던졌다.

"그게 무슨 말씀이세요?"

"두고 보면 곧 알게 될 거야."

대답을 미룬 채 태식이 후반부에 접어든 그라운드로 시선을 던졌다.

한 점차의 리드를 지키기 위해서 신용섭 감독은 필승조에 속해 있는 차유천을 8회부터 마운드에 올렸다.

첫 타자와 8구까지 이어지는 풀카운트 접전을 펼친 끝에 차유천이 볼넷을 허용한 순간, 신용섭 감독의 표정이 일그러졌다.

다음 타자에게 내야 땅볼을 유도하는 데 성공해서 병살 플레이로 위기를 넘기는가 했지만, 이번에는 태식을 대신해서 2루수로 들어간 주한경이 실책을 범했다.

딱! 데굴데굴.

느긋하게 처리해도 되는 타구였다.

병살을 의식한 주한경은 너무 서두르다가 타구를 한 번 더 듬었다.

바닥에 떨어뜨렸던 공을 다시 주워서 황급히 2루로 송구했지만, 이미 타이밍이 늦은 상황이었다.

타자마저 1루에서 세이프가 선언되면서 무사 1, 2루의 위기를 자초했다. 그리고 아직 끝이 아니었다.

용덕수를 대신해서 포수 마스크를 쓴 우연기가 차유천이 던진 유인구를 제대로 포구하지 못하고 뒤로 빠뜨렸다.

충분히 블로킹을 할 수 있었던 공인데 자세가 너무 높았던 탓에 가랑이 사이로 공이 빠져 버린 것이었다.

무사 2, 3루.

안타 하나 허용하지 않고 잇따른 수비 실책으로 인해서 역전 위기에 몰린 차유천은 급격하게 흔들렸다.

제구가 뜻대로 되지 않은 공은 가운데로 몰리는 실투가 됐고, 적시타가 터지면서 스코어는 역전됐다.

4 : 5.

볼넷으로 시작해 어이없는 수비 실책들까지 잇따르면서 경기가 뒤집힌 순간, 신용섭 감독의 꽉 움켜쥔 주먹이 바르르 떨리는 것이 보였다.

그렇지만 태식은 딱히 안타깝거나 화가 치밀지 않았다.

'팀에 대한 애정이 없으니까.'

마경 스왈로우스 2군 팀에서 태식은 단 한순간도 행복하지 않았다. 그래서 이 팀에 대한 애정이 전혀 없었다.

그저 빨리 이 팀을 떠나고 싶다는 생각이 머릿속에 가득 들어차 있는 상황인데, 팀이 또 패배를 당해서 퓨처스 리그 전체 꼴찌로 추락한들 무슨 상관일까.

태식의 솔직한 내심은 오히려 지금 이 상황이 반가웠다.

수비 강화를 위해서 자신을 빼고 투입한 주한경은 역전의 빌미가 된 결정적인 실책을 저질렀고, 용덕수를 대신해서 포수 마스크를 쓴 우연기도 블로킹 미스로 볼을 뒤로 빠뜨리는 실책을 범했다.

분노 가득한 시선으로 지금 이 상황들을 더그아웃에서 지켜보고 있는 신용섭 감독은 뼈저리게 자신의 실수를 깨달았으리라.

그리고 이들이 저지른 실책들 덕분에 오늘 경기를 요즘 말로 하드 캐리했던 태식과 용덕수의 활약과 기여도는 더욱 도드라졌다.

최종 스코어 4 : 6.

8회에 1점을 더 실점한 마경 스왈로우스는 화성 울트라스에게 스윕을 당하며 결국 퓨처스 리그 전체 꼴찌로 추락했다.

10. 카드가 안 맞아

따악!

묵직한 타격음이 울려 퍼진 순간, 그라운드는 관중들의 함성으로 들썩였다.

타자가 휘두른 배트의 중심에 걸린 타구는 쭉쭉 뻗어나가더니 외야 관중석 상단에 떨어졌다.

8회 말에 터진 역전 쓰리런.

시작부터 줄곧 끌려가고 있던 경기를 단숨에 뒤집는 역전 홈런이 터졌으니 대승 원더스의 홈 팬들이 열광하는 것은 당연했다.

홈 관중들의 환호성으로 인해 그라운드는 순식간에 뜨겁게 달아올랐다. 그러나 원정 팀 더그아웃만큼은 싸늘하게 식었다.

지그시 입술을 깨문 채 경기를 지켜보던 마경 스왈로우스의 감독인 강상문이 고개를 절레절레 흔들었다.

"엉망이군!"

현재 리그 선두를 달리고 있는 대승 원더스와의 3연전.

첫 번째 경기와 두 번째 경기를 모두 내준 터라, 이미 루징 시리즈가 확정된 상황이었다. 그사이 리그 7위였던 팀 순위는 한 단계 추락했다.

만약 3연전 마지막 경기마저 패해서 스윕을 당한다면, 마경 스왈로우스는 4연패에 빠지게 되는 것이었다. 그리고 아직 시즌 중반이긴 하지만, 이대로 가을 야구 참가도 물 건너갈 확률이 높았고.

위기감을 느낀 것일까?

최근 침묵하던 타선이 일찌감치 폭발한 덕분에 대승 원더스와의 3연전 마지막 경기는 경기 후반까지 두 점차 리드를 유지하고 있었다.

그런데 8회 말에 극적인 역전 3점 홈런을 얻어맞으면서 앞서고 있던 경기는 일거에 뒤집혀 버렸다.

"바꿨어야 했나?"

현재 마경 스왈로우스의 필승조를 맡고 있는 최영철이 역전 3점 홈런을 허용하고 고개를 떨구고 있는 것이 보였다.

팀의 마무리 투수인 임덕배를 일찍 투입했어야 했나, 라는 후회를 하던 강상문이 이내 고개를 흔들었다.

8회에 마운드에 올랐던 최영철은 아웃 카운트를 하나도 잡지 못한 상황!

팀의 마무리 투수인 임덕배에게 2이닝을 맡기는 것은 무리수였다.

"총체적인 난국이군!"

마경 스왈로우스의 허약한 투수진은 시즌이 시작되기 전부터 전문가들에 의해 불안 요소로 지적받았다. 그리고 실제 시즌이 진행되면서, 그 불안 요소가 본격적으로 수면 위로 드러났다.

5선발 체제도 구축하지 못할 정도로 선발진은 허약했다.

두 명의 외국인 투수와 토종 에이스인 강철민이 로테이션을 지키면서 고군분투했지만, 남은 두 자리가 문제였다.

시즌 초 근근이 버텨 나가던 4선발과 5선발을 맡은 두 투수는 5월 중순이 되자, 경험 부족과 부상으로 나가떨어졌다.

그 후, 여러 어린 투수들을 바꿔가며 시험해 보았지만 딱히 두각을 드러낸 선수는 없었다.

그렇게 4선발과 5선발이 등판하는 경기를 놓치는 경우가 늘어나면서 패도 차곡차곡 쌓였다. 그리고 선발진만 문제가 아니었다.

선발투수들이 일찍 무너지는 경기들이 늘어나면서 불펜 투수들을 조기에 투입하는 경우가 늘어났다.

팀에 믿을 수 있는 불펜 투수들의 수가 많지 않은 상황!

등판 횟수와 마운드에서 던지는 공의 개수가 늘어나면서 불펜 투수들은 체력적으로 부담을 느끼기 시작했다.

한마디로 과부하가 걸린 것이었다.

공이 무뎌지면서 난타당하는 것은 당연지사!

이것이 마경 스왈로우스가 갖고 있는 근본적인 문제였다. 그리고 더 큰 문제는 약점을 파악하고 있지만, 해결 방법이 마땅치 않다는 점이었다.

우와!

우아아!

대승 원더스의 홈 관중들이 내지르는 응원 소리가 신경에 거슬렸다. 그래서 강상문이 잔뜩 미간을 찌푸린 채 현재 마경 스왈로우스가 안고 있는 문제들을 해결할 방법에 대해 곰곰이 생각했다.

'관건은 선발투수야!'

아직 시즌 중반에 불과한 시점.

불펜진은 벌써 과부하가 걸려 있는 상황이었다.

이 난국을 타개하기 위한 근본적인 해결책은 로테이션을 꾸준히 지키면서 이닝을 최대한 끌어갈 수 있는 수준급 선발투수를 얻는 것이었다.

"7월이면 부상으로 선발 로테이션에서 이탈했던 김일영이 돌아온다. 수준급 선발투수가 한 명만 더 있으면 되는데……."

올 시즌 팀의 4선발로 출발했다가 부상으로 일찌감치 이탈했던 김일영이 돌아올 날이 멀지 않은 상황.

4선발이나 5선발을 맡아서 이닝 이터 역할을 해줄 수준급 선발투수는 현재 마경 스왈로우스가 가진 약점을 메울 마지막 퍼즐이었다.

그렇지만 문제는 강상문이 원하는 수준급 선발투수를 구하는 것이 무척 어렵다는 점이었다.

'크게 셋!'

수준급 선발투수를 보강할 수 있는 방법은 크게 셋이었다.

첫째는 FA를 통한 선수 수혈.

쉽게 말해 FA 시장으로 풀려 나오는 수준급 선발투수를 영입하는 것이었다.

물론 최근 FA 시장이 이상 과열되면서 선수들의 몸값이 폭등한 만큼, 강상문이 원하는 수준급 선발투수를 영입하는 데는 거액이 들었다.

게다가 타고투저 현상이 심화되면서 투수들이 부족해진 KBO 리그 특성상, 영입 경쟁도 무척 치열하리라.

어쨌든, 치열한 경쟁이 벌어지고 거액의 영입 비용이 발생하긴 하지만, 수준급 선발투수를 수혈하는 데 있어 FA 영입만큼 확실한 방법은 없었다. 그러나 강상문은 이내 고개를 좌우로 가로저었다.

강상문의 감독 계약 기간은 3년.

계약 후 이미 두 시즌이 흘렀고, 이제 세 번째 시즌도 중반으로 치닫고 있으니 강상문의 감독 임기는 채 1년도 남아 있지 않았다.

만약 감독 부임 후 맞이한 세 번째 시즌에도 중하위권을 벗어나지 못한 채 시즌을 끝마친다면, 재계약 가능성은 낮았다.

즉, 시즌 종료 후에 열리는 FA 시장에서 수준급 선발투수를 영입할 때까지 기다릴 시간이 없었다.

두 번째는 투수 육성이었다.

좋은 투수로 성장할 수 있는 잠재력을 갖춘 신인을 잘 키워서 선발 로테이션에 합류시키는 방법이었다.

어쩌면 가장 이상적인 방법.

그러나 결코 쉬운 일은 아니었다.

고교 시절이나 대학 시절, 훌륭한 투구를 보여주었던 신인 투수들 가운데 프로에서도 성공하는 투수는 많지 않았다.

프로의 벽이 그만큼 높기 때문이었다.

그리고 하나 더.

부상의 여파도 컸다.

한국 야구계의 구조적인 문제점 때문에 고교와 대학 시절에 혹사를 당했던 유망주 선수들은 프로에서 기량을 만개하기도 전에 수술대에 오르는 경우가 적지 않았다. 그리고 수술후 재활과 수술을 반복하다가 무대의 뒤편으로 쓸쓸히 사라지는 유망주 투수들도 부지기수였다.

"육성도… 물 건너갔어."

유망주 선수를 조련시켜 팀에 보탬이 되는 즉시 전력감으로 만드는 것은 지난한 작업.

단시간에 되는 일이 아니었다.

특히 야수보다 투수 쪽이 더욱 어려웠다.

그래서일까.

지난 두 시즌 동안 몇 명의 유망주 투수들이 1군 무대에 올라왔지만, 대부분 실패한 채 2군으로 돌아갔다. 그리고 이제올 시즌도 절반가량밖에 남지 않은 상황이었다.

지금 유망주를 육성해서 즉시 전력감으로 만드는 것은 말그대로 불가능에 가까운 일이었다.

'이 자식은 대체 그동안 뭘 한 거야?'

강상문이 마경 스왈로우스 2군 감독인 신용섭을 떠올린

후, 인상을 구겼다.

고교와 대학 시절 직속 후배라 마경 스왈로우스의 감독으로 부임하며 신용섭을 2군 감독으로 앉혔다.

지도자로서의 경험이나 능력보다, 자신과 친한 후배인 만큼 내 사람을 코치진에 심어야겠다는 생각으로 내렸던 결정이었다. 그리고 시간이 흐른 지금, 강상문은 당시의 결정을 후회하고 있었다.

무려 2년이 넘는 시간이 흘렀음에도, 신용섭이 이끌고 있는 마경 스왈로우스 2군에서 걸출한 유망주는 배출되지 않았다.

특히 투수 쪽에서는 전멸이다시피 했다.

그것이 강상문이 이렇게 팀 운영에 어려움을 겪고 있는 이유 중 하나였고.

"멍청한 짓을 했어!"

평소 친분 때문에 신용섭을 마경 스왈로우스 2군 감독으로 앉힌 것이 후회가 됐다.

그렇지만 후회란 아무리 빨라도 늦은 법.

해서 강상문이 마지막 세 번째 방법에 대해 떠올렸다.

"남은 건 트레이드뿐인가?"

수준급 선발투수를 보강할 수 있는 세 번째 방법은 트레이드.

FA 영입과 유망주 육성.

이 두 가지가 어려워진 만큼, 남은 방법은 트레이드뿐이었다. 그리고 가장 현실적인 방법이기도 했다.

"카드가 안 맞아!"

하지만 여전히 문제는 있었다.

바로 트레이드 시장에서 맞교환할 선수들이 마땅치 않다는 것이었다.

트레이드는 두 팀, 혹은 세 팀이 선수를 맞교환해서 팀이 약점을 해결하거나 보완하는 것이 목적이었다.

분명히 취지는 좋았다.

그렇지만 KBO 리그에서 트레이드는 활발한 편이 아니었다.

여러 가지 이유들이 존재했지만, 가장 큰 이유는 역시 프론트와 감독들의 욕심이었다.

절대 손해를 보지 않겠다는 욕심.

그 욕심들이 트레이드의 큰 걸림돌이 되는 것이었다.

"누굴 내놓을까?"

강상문이 원하는 것은 수준급 선발투수.

시즌 내내 꾸준히 로테이션을 지키면서 10승 가까이 올려줄 수 있는 선발투수를 얻기 위해서는 그에 걸맞은 카드를 제시해야 했다. 그러나 아무리 고민해 봐도 딱히 떠오르는 얼굴이 없었다.

'최원우?'

굳이 찾자면, 딱 한 명이었다.

마경 스왈로우스의 4번 타자 최원우!

입단 이후 꾸준한 활약을 선보이며 팀의 4번 타자로 활약하고 있는 최원우가 가장 확실한 카드였다. 그렇지만 홈 팬들의 사랑을 듬뿍 받는 프랜차이즈 스타인 최원우를 트레이드 카드로 활용한다면 후폭풍이 거셀 터였다. 게다가 최원우마저 빠져나간다면 팀 타선에도 큰 문제가 생길 터였고.

"답답하네."

해서 강상문이 한숨을 내쉴 때였다.

따악!

묵직한 타격음이 들려왔다.

그라운드로 시선을 돌린 강상문의 눈에 빨랫줄처럼 쭉쭉 뻗어나간 타구가 좌중간 펜스를 살짝 넘기고 떨어지는 것이 보였다.

백투백 홈런!

스코어는 6 : 8.

최영철이 백투백 홈런을 허용하며 점수 차가 두 점으로 벌어진 순간, 강상문의 얼굴이 벌겋게 달아올랐다.

남은 공격은 9회 초 한 번의 공격뿐.

하지만 경기의 분위기는 이미 넘어간 상황이었고, 최근 마경 스왈로우스의 가라앉은 팀 분위기와 타선을 감안하면 두 점차를 극복하는 것은 불가능했다.

"또 졌군!"

감독 입장에서 패배가 확정된 경기를 지켜보는 것만큼 괴로운 일은 없었다. 해서 그라운드 대신 하늘을 올려다보던 강상문이 수석 코치를 불렀다.

"김 코치."

"네, 투수 교체할까요?"

"그게 아니라. 요새 2군 성적이 어때?"

"최하위입니다."

"꼴찌?"

"네."

"설마 시민 구단인 화성 울트라스한테도 밀린 거야?"

"화성 울트라스뿐만 아니라 고성 히어로스에게도 밀렸습니다."

"뭐?"

"화성 울트라스에게 스윕을 당한 탓에 고성 히어로스에게도 추월당하면서 퓨처스 리그 전체 최하위로 추락했습니다."

코치에게서 돌아온 대답을 들은 강상문의 인상이 더욱 구겨졌다.

"이 자식은 대체 뭘 하고 있는 거야?"

"……."

"2군 경기 기록지 좀 가져와 봐."

강상문의 지시를 받은 수석 코치가 기록지를 가져왔다. 그리고 경기 기록지를 살피던 강상문이 잠시 뒤 두 눈을 빛냈다.

11. 재밌는 경기

최종 스코어 3 : 4.

나름 접전이었다.

그렇지만 강상문이 주목한 것은 스코어가 아니었다.

그 경기에 출전했던 두 선수가 남긴 기록이 강상문의 시선을 잡아 끌었다.

3타수 3안타, 2타점.

2루수 겸 8번 타자로 경기에 선발 출전했던 김태식이 남긴 기록이었다.

3타수 1안타, 2타점.

포수 겸 9번 타자로 경기에 나섰던 용덕수가 남긴 기록이었
고.

마경 스왈로우스 2군 팀이 올린 4득점을 팀의 8번 타자와 9번
타자가 모두 만들어낸 셈이었다.

"누구야?"

"네?"

"김태식, 용덕수? 둘 다 처음 들어보는 이름인데. 신인이야?"

"김태식, 기억 안 나십니까?"

"김태식?"

"예전 대승 원더스에 입단할 때는 꽤 촉망받는 유망주였고,
그 후로 여러 팀을 전전했던 선수인데."

수석 코치의 설명을 듣고서야 강상문이 김태식에 대한 기억
을 떠올리는 데 성공했다.

KBO 리그를 대표하는 저니맨.

중앙 드래곤즈, 삼산 치타스, 교연 피콕스를 거쳐서 한성
비글스로 트레이드됐다는 것이 강상문이 김태식에 대해 기억
하고 있는 마지막이었다. 그 후로 벌써 몇 년이 흐른 셈이었
다.

"아직 은퇴 안 했어?"

"아직입니다."

"하도 조용하길래 진즉에 은퇴한 줄 알았는데 우리 팀 2군

에 있었을 줄이야. 그럼 용덕수는?"

"2년 전에 육성 선수로 입단했습니다."

"육성 선수?"

"그렇습니다."

"어때?"

"포수 수비는 곧잘 한다는 평가를 받았는데 공격이 워낙 젬병이라."

"잘하는데?"

"네?"

"봐! 이 날 경기에서 2타점이나 올렸잖아."

김태식과 용덕수의 기록을 유심히 살피던 강상문이 의아한 표정을 지었다.

"근데 왜 3번밖에 타석에 안 들어섰지? 교체?"

슬쩍 눈살을 찌푸렸던 강상문이 두 눈을 빛내며 물었다.

"다음 경기 상대가 누구야?"

"교연 피콕스입니다."

"그건 1군 상대이고. 2군 말이야."

"우송 선더스입니다."

"우송 선더스? 선발투수는?"

"양현일입니다."

"양현일? 그렇단 말이지."

양현일은 우송 선더스가 자랑하는 토종 선발투수 가운데 한 명이었다.

얼마 전에 부상으로 전력에서 이탈했다가 곧 1군으로 복귀한다는 소문이 돌고 있었다.

아무래도 마경 스왈로우스 2군 팀과의 퓨처스 리그 경기가 양현일의 1군 복귀 전 마지막 점검 무대일 가능성이 높았다.

"재밌겠네."

"네?"

"꽤 재밌을 것 같다고."

제대로 말귀를 알아듣지 못했기 때문일까?

의아한 표정을 짓고 있는 수석 코치에게 설명하는 대신, 강상문이 혼잣말을 중얼거렸다.

"적어도 이 경기보다는 재밌을 것 같아."

*　　　　　*　　　　　*

사이클링 히트.

비록 퓨처스 리그 경기이긴 했지만, 태식은 경기 후반부에 교체되면서 사이클링 히트라는 대기록을 작성할 기회를 아쉽게 날려 버렸다.

용덕수는 교체 결정을 내린 신용섭 감독이 사과해야 한다고 언성을 높였지만, 신용섭은 끝내 사과하지 않았다.

대신 선물을 주었다.

2루수 겸 8번 타자.

우송 선더스와의 3연전 첫 번째 경기에 태식을 선발 라인업에 올리며 또 한 번 출전 기회를 준 것이었다. 그리고 용덕수도 9번 타자로 선발 출전하면서 다시 포수 마스크를 쓸 기회를 얻었다.

다시 경기에 선발 출전하는 것이 믿기지 않아서일까?

잔뜩 상기된 표정의 용덕수에게 태식이 충고했다.

"이번 경기는 아주 중요하다."

"네."

"특히 중요하다고."

"지난 경기와 똑같은 경기 아닙니까?"

현재 마경 스왈로우스 팀은 퓨처스 리그 전체 꼴찌로 추락한 상태!

아직 시즌 중반이었지만, 성적이 반등할 확률은 높지 않았다. 그래서 용덕수가 이런 반응을 보이는 것이리라.

만약 신인 시절의 태식이었다면, 아마 같은 반응을 보였을 것이다.

그렇지만 지금은 아니었다.

경험이 쌓인 덕분일까?

경기 내적인 부분들뿐만 아니라, 경기 외적인 부분들에도 신경을 쓸 여력이 생겼다.

"달라."

"네?"

"오늘 경기가 우리에게 특별히 중요한 건 두 가지 이유 때문이야."

"두 가지 이유요?"

"그래."

"그 이유가 대체 뭡니까?"

"첫 번째 이유는 강상문 감독이 지켜보기 때문이야."

"강상문 감독님이 지켜보신다고요?"

"그래. 경기장에 찾아온 걸 내 눈으로 확인했어."

"하지만 왜?"

아직 시즌이 한창 진행 중인 상황이었다.

매일 경기를 치르며 감독으로서 팀을 이끌어야 하는 강상문이 퓨처스 리그 경기를 보기 위해 직접 찾아오는 것은 특별한 케이스였다. 그래서 용덕수도 의아한 시선을 던지고 있는 것이었고.

"답답할 테니까."

"답답하다고요?"

"마경 스왈로우스의 순위가 8위로 처졌으니까."

"아, 네."

2군 선수들은 1군의 소식에 대해 관심을 갖게 마련이다.

예기치 못한 부상자가 발생하거나, 갑작스레 부진에 빠진 선수들이 등장할 경우에 2군 선수들에게도 1군 무대를 밟을 기회가 생기기 때문이다.

그래서 신문 기사와 뉴스를 통해서 꾸준히 체크를 하는 편이었기에, 용덕수도 마경 스왈로우스 1군 팀이 최근 4연패에 빠지며 리그 8위까지 순위가 추락한 사실을 알고 있는 것이었다.

"신용섭 감독과 다를 바 없어."

"성적 부진으로 선수단 개편을 할 거라는 뜻인가요?"

"그래. 침체된 팀 분위기를 반전시키기 위해서 선수단 개편을 시도할 거야. 그래서 2군 선수들을 직접 자신의 눈으로 확인하기 위해서 찾아온 것이고."

비로소 제대로 말귀를 알아들은 용덕수가 두 눈을 빛냈다.

1군 무대 진입!

오랜 꿈이었던 1군 무대 진입이 현실이 될지도 모른다는 사실로 인해서 흥분한 것이었다. 그리고 살짝 흥분이 되는 것은 태식도 마찬가지였다.

1군 무대 진입은 결코 쉬운 일이 아니었다.

불과 얼마 전까지만 해도 퓨처스 리그에서조차도 기회를

얻지 못한 채 은퇴를 종용당하는 신세가 아니었던가?

그래서 꽤 시간이 걸리는 지난한 작업이 될 것이라 예상했다.

그렇지만 1군 진입의 기회는 태식의 생각보다 훨씬 일찍 찾아와 있었다.

'운이 따르고 있어!'

태식이 희미한 웃음을 머금었다.

이렇게 일찍 1군 진입의 기회가 찾아온 것은 1군과 2군을 가리지 않는 마경 스왈로우스의 총체적인 부진 덕분(?)이었다.

우선 마경 스왈로우스 2군 팀이 퓨처스 리그 꼴찌로 추락하며 선발 출전의 기회를 잡을 수 있었다.

또 마경 스왈로우스 1군 팀이 선발투수 부재와 불펜 투수 과부하라는 고질적인 약점을 드러내면서 연패에 빠진 덕분에 강상문 감독에게 눈도장을 찍을 수 있는 기회가 찾아온 셈이었다.

"잘해야겠네요."

"그래. 확실히 눈도장을 찍어야지."

"형, 그런데 아까 오늘 경기가 중요한 이유가 두 가지라고 하셨잖아요."

"그랬지."

"그럼 나머지 한 가지 이유는 뭔가요?"

"선발투수!"

"네?"

"우리가 상대할 우송 선더스의 선발투수가 양현일이라는 것 때문에 중요해."

오늘 경기에서 우송 선더스의 선발투수는 양현일.

양현일의 이름값은 퓨처스 리그와는 어울리지 않았다.

국내 토종 선발투수들 가운데 열 손가락 안에 꼽히는 선수가 바로 양현일이었기 때문이다.

그런 그가 퓨처스 리그 경기에 나서는 이유는 부상 때문이었다.

사타구니 부상!

약 한 달 전쯤 부상으로 인해 2군으로 내려왔던 양현일은 재활을 마치고 다시 1군 복귀를 앞두고 있었다. 그리고 1군 복귀 전에 최종 점검을 위해서 오늘 경기의 선발투수로 나서는 것이었다.

"지난 경기에 우리가 상대했던 투수들과 달리, 양현일은 리그 정상급 투수 중 한 명이야. 리그 정상급 투수를 상대로도 안타를 때리고 홈런을 치는 모습을 보여줄 수 있다면, 1군 무대에서도 충분히 통할 수 있다는 증명이 되겠지."

비로소 말귀를 알아들은 용덕수가 긴장한 기색으로 마른 침을 삼켰다.

"형!"

"왜?"

"잘할 수 있을까요?"

용덕수가 긴장하며 두려움을 갖는 것은 당연한 일이었다. 그리고 태식에게는 그런 용덕수의 긴장과 두려움을 달래줄 경험이 있었다.

"잘할 수 있어."

"하지만……."

"우린 더 좋은 투수도 상대했던 경험이 있으니까."

"누구… 요?"

"피칭머신."

"……?"

"최고 160㎞의 강속구를 뿌리는 피칭머신과도 자주 상대해 봤잖아? 양현일이 리그에서 손꼽히는 강속구 투수이긴 하지만, 직구 최고 구속은 150㎞에도 미치지 못해. 어때? 이제 자신감이 좀 생겨?"

여전히 반신반의하는 표정이었지만, 태식의 농담 덕분에 용덕수의 입가에 미소가 떠올라 있었다.

긴장이 조금 풀렸다는 증거.

선발투수로 마운드에 오르기 전, 몸을 풀고 있는 양현일을 바라보던 태식의 시선이 관중석으로 향했다.

경기장의 분위기가 평소와는 조금 달랐다.

간간이 환호성도 터져 나왔고, 관중들의 수도 조금 늘어 있었다.

양현일의 골수팬들이 찾아왔기 때문이다.

그리고 그들이 다가 아니었다.

경기를 취재하기 위해 찾아온 기자들도 많았고, 각 팀의 스카우터들을 포함한 야구 관계자들의 모습도 경기장 곳곳에서 눈에 띄었다.

그 이유는 오늘 경기 선발투수로 나서는 양현일 때문이었다.

양현일의 피칭을 관찰하기 위해 찾아온 사람들.

'경기가 끝났을 때는… 주연이 바뀌도록 만들어야지!'

오늘 경기의 주인공은 누가 뭐라 해도 양현일이었다.

그렇지만 야구 경기는 드라마와 흡사한 면이 존재했다. 그리고 드라마에서는 일개 조연에 불과했던 연기자가 기대 이상의 놀라운 연기를 선보이면서 주연급으로 부상하는 경우가 종종 있었다.

"오늘 경기의 주연은… 내가 된다!"

양현일의 피칭을 관찰하기 위해 찾아온 기자들과 스카우터들.

그들의 시선을 양현일이 아닌 자신에게로 돌려놓겠다는 다

부진 각오를 다지며 태식이 경기에 나섰다.

*　　　　*　　　　*

0 : 0.

3회 초 마운드에 오른 양현일이 고개를 돌려서 전광판의 스코어를 살폈다.

아직 0의 행진이 이어지고 있었지만, 사실 양현일에게 있어서 경기의 승패 여부는 큰 의미가 없었다.

재활을 완벽히 마쳤고, 이제 1군으로 올라가서 다시 선발 로테이션의 한 축을 맡을 준비가 됐다는 것을 보여주는 것이 중요했다.

'지금까진 완벽해!'

선발투수로 올라온 후 지금까지 일곱 명의 타자들을 상대했다.

직구 최고 구속은 148㎞.

직구 평균 구속은 145㎞.

부상을 당하기 이전의 구속과 구위를 거의 회복한 상태였다. 게다가 제구도 마음먹은 대로 되는 편이었다.

일곱 명의 타자를 상대하는 동안 단 하나의 볼넷도 허용하지 않고, 네 타자를 삼진으로 돌려세운 것이 그 증거였다.

8번 타자 김태식.

타석에 들어서서 신중하게 타격 자세를 취하는 8번 타자를 힐끗 살핀 양현일이 망설이지 않고 공을 뿌렸다.

슈아악!

"스트라이크!"

147㎞.

홈 플레이트를 통과한 직구의 구속을 전광판을 통해 확인한 양현일의 입가로 희미한 미소가 떠올랐다.

어깨에 땀이 나기 시작하면서 구속이 더욱 빨라지고 있었다.

배트를 내밀 엄두조차 내지 못하고 가만히 지켜보는 8번 타자 김태식을 확인한 양현일이 다시 와인드업을 마치고 직구를 뿌렸다.

따악!

몸 쪽 직구가 홈 플레이트를 통과한 순간, 8번 타자 김태식의 배트가 매섭게 돌아갔다. 그리고 배트 중심에 걸린 타구는 우중간 펜스를 훌쩍 넘기고 나서야 떨어졌다.

'홈… 런?'

흥분하지 않고 담담한 표정으로 그라운드를 천천히 돌고 있는 김태식을 확인한 양현일이 표정을 굳혔다.

원래 의도와 달리 살짝 가운데로 몰리긴 했지만, 구위는 분명히 나쁘지 않았다. 그런데 그 공이 홈런으로 이어졌다.

'대체 누구야?'

김태식이란 이름은 낯설었다.

좀 더 솔직히 말하면, 마경 스왈로우스의 선발 라인업에 이름을 올리고 있는 대부분의 선수들을 양현일은 알지 못했다.

'퓨처스 리그, 그것도 꼴찌 팀인 마경 스왈로우스 2군 소속의 한심한 선수들이 내 공을 칠 수 없다!'

이런 생각을 은연중에 갖고 있었기 때문에, 경기 전에 분석은커녕 라인업조차 제대로 확인하지 않았던 것이다.

'운이 좋았어!'

자존심이 상했다. 그래서 다음 타석에 들어선 용덕수에게 분풀이라도 하듯 있는 힘껏 직구를 던졌다.

따악!

그런데 이번에도 경쾌한 타격음이 울려 퍼졌다.

배트 중심에 걸린 타구는 유격수의 키를 훌쩍 넘기는 좌전 안타로 이어졌다.

홈런에 이어 안타까지.

마경 스왈로우스의 하위 타순에 포진한 김태식과 용덕수에게 홈런과 안타를 연거푸 허용한 양현일의 미간이 잔뜩 찌푸려졌다.

        *   *   *

1 : 0.

한 점차의 리드에서 두 번째 타석에 들어선 태식이 신중하게 타격 준비를 시작했다.

첫 타석에서 선제 솔로 홈런을 기록했지만, 아직 만족하기는 일렀다.

강렬한 인상을 남기는 것 못지않게 꾸준함을 보여주는 것도 중요했다.

즉, 양현일을 상대로 홈런을 친 것이 운이 아니었다는 것을 증명해야 하는 과제가 아직 남아 있었다.

첫 타석에서 홈런을 허용하며 자존심을 구겼기 때문일까?

마운드를 지키고 있는 양현일의 눈빛이 첫 타석 때와는 달랐다.

자신을 향해 매서운 시선을 던지고 있는 양현일을 힐끗 살핀 태식은 눈싸움을 하는 대신 수 싸움을 시작했다.

'무슨 구종을 던질까?'

직구, 슬라이더, 커브, 포크볼.

양현일은 포피치 유형의 투수였다.

직구와 슬라이더의 비중이 압도적으로 높은 편이었지만, 간간이 섞어 던지는 커브와 포크볼은 결정구로 위력이 있었다.

'유인구를 던지면서 피해 갈까?'

치열하게 수 싸움을 하던 태식이 마운드에 서 있던 양현일에게 시선을 던졌다. 그리고 불이 뿜어져 나올 것처럼 이글거리는 양현일의 강렬한 눈빛을 확인한 순간, 복잡하던 머릿속이 단순해졌다.

'직구, 그것도 몸 쪽!'

올 시즌을 마친 후 양현일은 FA 자격을 얻었다.

국내 여러 팀들이 군침을 흘리고 있을 뿐만 아니라, 일찌감치 일본 프로야구 무대로 진출할 것이란 소문까지 나돌고 있는 양현일은 자존심이 무척 강한 편이었다.

실제로 경기 중에 특정 선수에게 홈런을 허용한 경우, 다음 타석에서도 홈런을 맞았던 구종을 똑같이 던지며 승부한 경우가 다반사였다.

경기 시작 전에 비디오 분석을 통해서 그 사실을 잘 알고 있는 태식이 더 고민하는 대신, 몸 쪽 직구가 들어올 것에 대비했다.

그리고 예상은 적중했다.

슈아악!

양현일이 이를 악물고 던진 초구는 몸 쪽 직구였다.

따악!

수 싸움에서 이긴 상황!

기다리거나 망설일 이유가 전혀 없었다.

해서 태식도 망설이지 않고 초구부터 힘차게 배트를 휘둘렀다.

높이 솟구친 채 쭉쭉 뻗어나간 타구는 펜스를 넘겼다. 그렇지만 약 1미터가량 벗어난 탓에 홈런이 아니라 파울로 선언됐다.

파울 홈런!

양현일을 상대로 연타석 홈런을 기록할 수 있는 기회가 간발의 차로 무산된 순간, 아쉬움이 깃드는 것은 어쩔 수 없었다.

그러나 태식은 이내 마음을 다잡았다.

연타석 홈런이 중요한 것이 아니었다.

수 싸움에서 완벽히 승리를 거두었음에도 불구하고, 홈런이 아니라 파울이 된 이유를 알아내는 것이 우선이었다.

'밀렸어!'

배트 타이밍이 늦었다.

첫 타석에 홈런을 기록할 때와 동일한 타이밍을 가져갔다고 생각했는데 그게 아니었다.

'욕심이 생겼어!'

마경 스왈로우스의 감독인 강상문, 그리고 기자들과 스카우터들이 지켜보는 가운데 양현일을 상대로 연타석 홈런을 날리고 싶다는 욕심이 은연중에 커졌다.

해서 자신도 모르게 스윙이 커졌다. 그리고 몸에 힘이 들어가면서 배트 스피드가 떨어졌기에, 홈런이 아닌 파울이 된 것이었다.

'홈런이 중요한 게 아냐!'

태식이 주먹으로 헬멧을 툭 쳤다.

아직 늦지 않았다.

자칫했으면 연타석 홈런을 허용할 뻔했던 양현일의 눈빛은 강렬했고, 아까보다 더 흥분한 상태였다.

'또 직구 승부를 할 거야!'

자존심이 강한 양현일이 유인구를 던지며 승부를 피할 가능성은 낮았다.

그 예상은 이번에도 적중했다.

비록 파울이 됐지만, 큼지막한 홈런성 타구는 양현일에게 경각심을 심어주기에 충분했다.

장타를 의식했기 때문일까?

초구와 달리 양현일은 몸 쪽이 아니라 바깥쪽 직구를 선택했다.

따악!

의식적으로 몸에서 힘을 뺀 덕분에 완벽한 타이밍에 배트 중심에 걸린 타구는 1루수의 키를 넘기고 라인선상을 타고 흘렸다.

1루 베이스를 통과한 태식은 2루에서 멈춘 후 주먹을 불끈 움켜쥐었다.

리그 정상급 투수인 양현일을 상대로 홈런과 2루타를 연달아 쳐냈다.

신체 나이가 스무 살 시절로 돌아간 후, 피칭머신을 상대로 훈련했던 것들이 헛되지 않았다는 자신감을 심어주는 계기로는 충분했다.

기분이 상한 탓일까?

매서운 시선으로 자신을 노려보고 있는 양현일을 확인한 태식이 타석에 들어서 있는 용덕수를 향해 검지를 들어 올려 입에 갖다 댔다.

2 : 4.

6회 말이 끝났을 때의 스코어였다.

태식과 용덕수의 활약으로 마경 스왈로우스가 2점을 먼저 올렸지만, 선발투수가 와르르 무너지면서 5회와 6회, 각각 2점씩 실점해 역전을 허용했다.

2타수 2안타, 1타점, 1득점.

오늘 경기 두 차례 타석에 들어섰던 태식의 기록이었다.

첫 타석에서는 홈런으로 타점을 기록했고, 두 번째 타석에서는 2루타를 때린 후 후속 타자인 용덕수의 적시타 때 홈으로 파고들며 득점을 올렸다.

'흥분했어!'

태식이 2루타를 때렸을 당시의 기억을 떠올렸다.

홈런에 이어 2루타까지.

내심 한심하게 여겼던 자신에게 연거푸 장타를 허용한 순간, 양현일은 자존심에 큰 상처를 입었다.

분한 표정을 짓고 있는 양현일을 확인한 태식은 그가 다음 타자인 용덕수와의 대결에게 직구 승부를 할 것이라고 판단했다.

해서 미리 사인을 정했던 대로 검지를 입으로 갖다 댔다. 그런데 마침 그 순간, 양현일과 태식의 시선이 마주쳤다.

당시 태식이 검지를 입 앞에 갖다 대고 있는 것을 확인한 양현일은 표정을 잔뜩 일그러뜨렸다.

"대단하다고 하더니 별것도 아니네. 조용히 해!"

아마 양현일은 태식이 입에 갖다 대고 있었던 검지의 의미를 이렇게 파악한 것 같았다.

분명히 태식이 의도했던 바는 아니었다.

그렇지만 결과적으로는 양현일을 더욱 흥분시키는 결과를

초래했다. 그리고 용덕수는 그 덕을 톡톡히 보았다.

제구가 제대로 되지 않아 가운데로 몰린 실투를 놓치지 않고 받아쳐서 적시타를 터뜨렸으니까.

'투수가 바뀌겠지!'

7회 초 공격이 시작되기 전, 태식은 당연히 양현일이 교체될 것이라고 예상했다. 그렇지만 그 예상은 빗나갔다.

양현일은 7회 초에도 마운드로 걸어 올라왔다.

"왜 안 바뀐 거지?"

6이닝 2실점.

양현일은 퀄리티 스타트를 해냈을뿐더러, 승리투수 요건도 갖춘 상태였다.

6회까지 양현일이 던진 투구 수는 95개.

재활을 끝마치고 1군 무대로 복귀하기 전 컨디션 점검 차원의 등판이니만큼, 95개의 투구 수도 많은 편이었다.

해서 당연히 교체될 거라 예상했던 양현일이 마운드에 서 있는 것을 확인한 태식이 두 눈을 가늘게 좁혔다.

"나 때문이로군!"

모르긴 몰라도 우송 선더스의 감독 이하 코치진들도 6회를 끝으로 양현일을 강판시키려 했을 터였다.

그렇지만 양현일이 7회 초에도 마운드에 오른 것은 그가 고집을 부렸기 때문일 확률이 높았다. 그리고 그 이유는 자신 때문일 터였다.

자존심!

지난 두 차례의 맞대결에서 완패를 당한 것에 대한 앙갚음을 하기 위해서 양현일은 태식이 타석에 서는 7회 초에도 마운드에 올라온 것이었다.

"나도 기다리던 바야."

대기 타석에 서 있던 태식이 씩 웃었다.

7회 초의 선두 타자인 7번 타자 김기회와 상대하면서도 양현일의 모든 신경이 대기 타석에 서 있는 자신에게 쏠려 있다는 것이 느껴졌다.

기분이 나쁘지 않았다.

양현일은 리그 정상급 선발투수.

그런 그에게 인정을 받은 느낌이랄까!

그리고 승부욕이라면 태식도 어느 누구에게도 뒤지지 않았다.

"제대로 한번 붙어보자고."

틱!

태식이 의욕을 불태울 때, 7번 타자가 포수 파울플라이로 물러났다.

7회 초 1사 주자 없는 상황에 타석으로 들어선 태식이 신중하게 타격 자세를 취했다.

그리고 1구가 들어왔다.

슈아악!

직구라 판단한 태식이 초구부터 과감하게 배트를 휘둘렀다.

부우웅!

하지만 태식이 휘두른 배트는 텅 빈 허공을 가르고 지나갔다.

'커브?'

양현일이 던진 공은 직구가 아니라 커브였다.

그것을 확인한 태식의 입가에 떠올라 있던 미소가 짙어졌다.

비록 헛스윙을 하긴 했지만, 기분이 상하지는 않았다.

오히려 제대로 된 승부가 시작됐다는 생각에 살짝 흥분이 일었다.

'2구는?'

지난 두 타석에서는 직구를 던질 거란 확신이 있었기에 직구만 생각하고 승부하면 됐다. 하지만 세 번째 타석은 상황이 달라졌다.

슈아악!

커브에 이어서 2구는 직구 승부일 확률이 높다고 판단했던 태식이 배트를 휘두르려다가 움찔하며 멈추었다.

양현일이 던진 2구가 직구가 아니라 커브였기 때문이었다.

"볼!"

태식의 타이밍을 완벽히 빼앗은 커브는 다행히 스트라이크 존을 통과하지는 않았다.

원 볼 원 스트라이크.

슈아악!

실투일까?

양현일이 3구째로 던진 공은 한가운데로 몰렸다.

기회를 놓치지 않고 배트를 휘두르던 태식이 도중에 배트를 가까스로 멈춰 세웠다.

'포크볼?'

3구 역시 직구가 아니었다.

직구처럼 들어오다가 홈 플레이트 근처에서 아래로 뚝 떨어지는 포크볼이었다.

'판정은?'

포수가 1루심을 향해 손짓했고, 1루심이 배트가 돌지 않았다고 판단해서 가로로 팔을 벌리는 것을 확인한 태식이 안도의 한숨을 내쉬었다.

반면 양현일은 아쉬운 기색이 역력했다.

'괜히 리그 정상급 투수로 인정받는 것이 아니었네!'

양현일을 힐끗 살핀 태식이 감탄했다.

직구와 커브, 그리고 포크볼까지.

세 가지 구종을 던지는 동안, 양현일의 투구 폼은 똑같았다.

다른 구종을 던지면서도 미세한 차이조차도 없는 똑같은 투구 폼이 태식을 혼란스럽게 만들고 있었다.

"후우!"

태식이 길게 심호흡을 했다.

원 볼 투 스트라이크와 투 볼 원 스트라이크.

분명히 차이가 있었다.

스윙이 선언되지 않으면서 볼카운트가 후자가 되면서, 심리적으로 여유가 생겼을 뿐만 아니라 타석에서 선택할 수 있는 가짓수도 늘어났다.

'다음 공은?'

머릿속으로 치열하게 수 싸움을 펼치던 태식의 시선이 관중석으로 향했다.

관중석 한편.

잔뜩 집중한 채 경기를 지켜보고 있는 강상문 감독을 발견한 태식이 수 싸움을 머릿속에서 지웠다.

'만약 예전이었다면?'

경험이 부족하던 시절이었다면, 양현일과의 승부에 매몰되었으리라.

그러나 지금의 태식은 달랐다.

수 싸움을 지워 버린 대신, 지금 관중석에서 지켜보고 있는 강상문 감독의 의중을 읽기 위해 애를 썼다.

'두 점 뒤진 채로 접어든 경기 후반부! 지금 상황에 장타보다 중요한 건… 내가 루상에 살아 나가는 거야.'

헬멧을 고쳐 쓰며 태식이 생각을 이어나갔다.

'첫 번째 타석에서 때린 홈런은 지난 경기의 활약이 운이 아니라는 것을 증명했어. 두 번째 타석에서 날린 2루타는 타격 센스가 있다는 것을 증명한 셈이고. 그리고 세 번째 타석에서 내가 보여줘야 할 것이 뭘까?'

헬멧을 고쳐 쓴 태식이 타격 자세를 취했다.

비록 짧은 시간이었지만, 세 번째 타석에서 보여줘야 할 것이 무엇인지 생각해 내기에는 충분했다.

슈아악!

'커브!'

양현일이 던진 4구가 날아든 순간, 태식이 기습 번트를 댔다.

톡. 데구르르.

전혀 예상치 못했던 기습 번트에 양현일은 당황한 기색이 역력했다.

앞으로 뛰어든 양현일이 역모션으로 공을 잡아 던지려 했지만, 당황한 탓에 공을 한 번 더듬었다.

그사이, 전력 질주를 한 태식은 간발의 차이로 1루에서 세이프를 받았다.

1사 1루!

설욕에 실패한 탓일까.

분한 표정을 짓고 있는 양현일을 보며 태식이 떠올린 단어는… 절실함이었다.

12. 사이클링 히트

"진짜 재밌네."

마경 스왈로우스는 시민 구단들에게도 밀리며 퓨처스 리그 전체 꼴찌라는 치욕의 역사를 써 내려가고 있었다.

반면 우송 선더스는 현재 퓨처스 리그 선두 경쟁을 벌이고 있는 팀이었다.

해서 2 : 0으로 앞서던 경기가 2 : 4로 역전된 순간, 강상문은 그대로 마경 스왈로우스의 패배로 끝날 것이라 짐작했다.

그런데 그 짐작은 틀렸다.

현재 스코어 4 : 4.

다시 균형추가 맞추어져 있었다. 그리고 한참 기울어진 것처럼 보이던 경기의 균형추를 다시 맞출 수 있었던 계기이자 시발점은 오늘 경기에 8번 타자로 출전한 김태식의 활약이었다.

3타수 3안타.

오늘 경기 김태식의 기록이었다.

물론 지난 경기에서도 3타수 3안타를 기록했지만, 그 경기와 오늘 경기에서의 3안타는 의미가 달랐다.

그 이유는 우송 선더스의 선발투수가 양현일이었기 때문이다.

1군 무대에서도 검증을 마친 리그 정상급 투수.

일본 프로야구 팀들의 관심을 받으며 올 시즌이 끝난 후 일본 무대 진출설이 돌고 있는 양현일을 상대로 3타수 3안타를 기록한 것이었다.

더구나 세 개의 안타들이 모두 의미가 있었다.

첫 번째 타석에서 기록한 홈런은 지난 경기의 활약이 우연이 아니었다는 것을 증명했다.

또, 우송 선더스의 선발투수인 양현일의 이름값에 눌려서 위축되어 있던 다른 팀원들에게 할 수 있다는 것을 보여주었다.

두 번째 타석에서 기록한 2루타는 양현일을 흥분시키게 만들었다. 그 덕분에 9번 타자인 용덕수의 적시타가 터지며 추가점을 올릴 수 있었고.

그리고 가장 의미가 컸던 것은 세 번째 타석에서 기록한 기습 번트 안타였다.

야구는 흐름의 경기!

두 점차로 앞서고 있다가 4실점을 허용하며 두 점차로 역전당한 상황!

경기의 흐름은 우송 선더스 쪽으로 거의 넘어간 상황이었다.

그렇지만 어떻게든 살아서 나가겠다는 절실함이 엿보이는 김태식의 기습 번트가 성공함으로써 우송 선더스 쪽으로 향하던 흐름의 물줄기를 다시 마경 스왈로우스 쪽으로 바꾸어 놓은 것이었다.

그 흐름을 탄 덕분에 연속 안타가 터졌고, 2득점을 올리며 다시 경기의 균형추가 맞춰진 상황이었다.

"이제 3루타만 남았군!"

홈런, 2루타, 그리고 단타까지.

세 차례 타석에 들어섰던 김태식은 지난 경기와 마찬가지로 사이클링 히트를 목전에 두고 있었다.

"설마… 또 교체하지는 않겠지?"

관중석에 앉아 있던 강상문이 흠칫하며 더그아웃 감독석에 앉아 있는 신용섭을 바라보았다.

지난 경기에 선발 출전했던 김태식은 눈앞에서 사이클링 히트를 놓쳤다. 그리고 그 이유는 기량이 모자랐거나, 운이 없어서가 아니었다.

어이없게도 신용섭이 9회 마지막 타석을 앞두고 있었던 김태식의 교체를 지시했기 때문이었다.

"다행히 그 정도로 멍청하진 않군!"

9회 초 마경 스왈로우스의 정규 이닝 마지막 공격!

대기 타석에 들어서 있는 김태식의 모습을 확인하고서야 강상문이 좁히고 있던 미간을 다시 넓혔다.

"만약 교체했으면… 내가 가만히 안 뒀을 거야."

신용섭을 향해 작게 혼잣말을 꺼낸 강상문이 팔짱을 끼며 덧붙였다.

"자, 이번엔 또 뭘 보여줄 거지?"

*　　　　　*　　　　　*

"기회는 왔다!"

9회 초 1사 주자 없는 상황에서 태식이 타석으로 들어섰다.

"사이클링 히트를 기록할 수 있는 기회는 줘야 하는 것 아닙니까?"

"그렇게 흥분할 것 없어. 다음에 하면 되니까. 1군으로 올라간 다음에 말이야. 오히려 잘됐다."

지난 경기, 사이클링 히트를 목전에 두고 있었던 상황에서 교체됐을 때, 용덕수는 분통을 터뜨렸다.

당시의 태식은 담담하게 대꾸했다.

그렇지만 못내 아쉬움이 남았던 것만큼은 부인할 수 없었다.

그런데 또 한 번, 사이클링 히트라는 대기록을 달성할 수 있는 기회가 찾아왔다.

그것도 태식의 예상보다 훨씬 더 빨리 찾아온 셈이었다.

그리고 지난 경기와 오늘 경기는 여러 지점에서 달랐다.

우선 태식이 상대하는 투수의 면면이 달랐다.

양현일, 그리고 임준찬!

리그 정상급 선발투수인 양현일은 더 설명할 필요도 없었고, 현재 우송 선더스 팀의 마무리를 역임하며 9회 초에 마운드에 올라온 임준찬 역시 수준급 투수였다.

올 시즌 초반에 부진을 거듭하면서 2군으로 내려와 있었지만, 지난 몇 년간 우송 선더스의 필승조로 활약했던 불펜 투수.

지난 경기에서 태식이 상대했던 투수들과는 분명히 수준

차가 있었다.

이런 수준급 투수들을 상대로 사이클링 히트를 기록한다?

의미가 더 클 것이 틀림없었다.

또 하나 다른 지점은 오늘 경기의 관중석이 꽤 들어차 있다는 것이었다.

물론 1군 경기에 비할 바는 아니었다.

그렇지만 평소 퓨처스 리그 경기에 비해서 관중이 많은 것은 사실이었다. 그리고 그 관중들의 면면이 평범치 않았다.

야구 관련 기자들과 스카우터들이 지켜보고 있는 경기.

원래 이들이 경기장을 찾아온 이유는 재활을 마치고 최종 점검을 하기 위해 선발 등판을 한 양현일을 지켜보기 위함이었다.

그렇지만 이미 양현일이 마운드에서 내려간 상황.

게다가 양현일을 상대로 홈런 포함 3안타를 때려낸 태식이 마지막 타석에서 역시 수준급 투수인 임준찬을 상대로 사이클링 히트라는 대기록을 완성한다면?

큰 이슈가 될 가능성은 낮았다.

그러나 어떤 식으로든 분명히 화제가 될 터였고, 또 강상문 감독을 비롯한 여러 사람들에게 눈도장을 찍을 수 있으리라.

"해보자!"

내심 욕심을 가진 채 태식이 타석으로 들어섰다.

9회 초 1사 주자 없는 상황.

마운드에 올라와 있는 임준찬을 노려보던 태식의 머리가 빠르게 회전했다.

'1사 주자 없는 상황. 오늘 경기에서 홈런 포함 3안타를 기록하긴 했지만 나와의 승부를 피하기에는 부담스러울 거야. 자칫 잘못하면 결승점을 기록할 주자를 내보내는 셈이니까. 분명히 나와 승부한다!'

아까도 설명했듯 임준찬 역시 퓨처스 리그와는 어울리지 않는 리그 정상급 불펜 투수 중 한 명이었다.

비록 태식이 양현일을 상대로 홈런 포함 3안타를 기록하며 절정의 타격감을 과시하고 있었지만, 자신을 두려워해서 승부를 피할 확률은 낮다고 결론을 내렸다.

'초구 승부?'

임준찬의 직구 평균 구속은 140㎞대 초반.

공이 빠르지 않은 대신, 장착하고 있는 구종이 다양했다.

임준찬과의 승부가 길어지면 다양한 구종에 끌려다니다가 제대로 타격을 하지 못할 확률이 높다고 판단한 태식은 초구를 노리기로 결심했다.

문제는 구종.

'더그아웃에서 내가 양현일을 상대하는 것을 모두 지켜봤을 거야. 홈런과 2루타를 양현일의 직구를 공략해서 만들어

냈다는 것을 봤을 테니, 직구 승부가 올 확률은 낮아. 그렇다면 커브? 포크볼? 슬라이더?'

직구를 머릿속에서 지웠지만, 여전히 선택의 가짓수는 많이 남아 있었다. 고민하던 태식이 마침내 결론을 내렸다.

슈아악!

임준찬이 초구를 던졌다.

홈 플레이트를 통과하기 직전, 갑자기 뚝 떨어지는 포크볼.

타자의 헛스윙을 유도하기에 아주 좋은 유인구였지만, 태식은 속지 않았다.

'포크볼이 들어올 거야!'

오늘 경기, 세 차례 타석에 섰던 태식이 유일하게 속았던 공은 포크볼이었다.

그 모습을 더그아웃에서 지켜봤을 임준찬이기에, 초구에 포크볼을 던질 확률이 높다고 예상했는데.

그 예상이 적중했다.

일찌감치 포크볼을 노리고 있던 태식의 배트가 힘차게 돌아갔다.

따악!

배트 중심에 걸린 타구가 우중간 쪽으로 날아가기 시작한 순간, 태식이 전력 질주를 시작했다.

우익수와 중견수 사이를 꿰뚫는 타구의 코스는 좋았다. 그

렇지만 너무 잘 맞은 탓에 타구의 속도가 빠른 것이 마음에
걸렸다.

'3루. 가능할까?'

1루 베이스를 통과하고 2루 베이스를 향해서 질주하던 태
식이 슬쩍 고개를 돌려서 상황을 살폈다.

원 바운드로 펜스를 때린 타구를 향해 우익수가 글러브를
뻗는 것이 보였다. 그리고 3루 베이스 코치가 양팔을 들어 올
리는 것도.

'늦었나?'

여전히 속도를 줄이지 않은 채 2루 베이스에 거의 도달했던
태식의 눈에 우익수의 글러브 끝을 맞고 그라운드에 다시 떨
어지는 공이 보였다.

'가보자!'

3루 베이스 코치의 만류를 무시한 채 태식이 3루 베이스를
향해 내달렸다.

헤드 퍼스트 슬라이딩을 한 태식의 손이 베이스에 닿은 것
과, 공을 받은 3루수의 글러브가 어깨 부근에 닿은 것은 거의
동시였다.

'세이프? 아웃?'

위험한 선택.

그 사실을 잘 알고 있음에도 태식이 2루에서 멈추지 않고

3루로 내달린 이유는 욕심 때문이었다.

다행히 결과가 좋았다.

3루심이 양팔을 벌리며 세이프를 선언하는 것을 확인한 순간, 태식이 안도의 한숨을 내쉬었다.

'해냈다!'

마침내 사이클링 히트라는 대기록을 달성하는 데 성공한 순간, 대기 타석에서 숨을 죽인 채 바라보던 용덕수가 펄쩍펄쩍 뛰면서 기뻐하는 모습이 보였다. 그러나 태식은 침착함을 유지하기 위해 애썼다.

아직 경기가 끝난 것이 아니기 때문이었다.

4 : 4.

여전히 동점 상황!

3루까지 내달린 위험한 선택이 더욱 빛을 발하기 위해서는 여기서 멈추지 않고 득점을 올려야 했다.

그것을 위해서는 용덕수의 활약이 필요했다.

유니폼에 묻은 흙을 툭툭 털어낸 태식이 오른손을 들어 귓불을 잡았다.

그 모선을 확인한 용덕수가 희미하게 고개를 끄덕인 후, 비장한 표정으로 타석에 들어섰다.

용덕수 역시 오늘 경기의 중요성과 지금 상황이 승부처임을 알고 있기 때문이었다.

그리고 태식의 수 싸움은 이번에도 적중했다.

임준찬이 초구로 던진 커브를 용덕수는 힘들이지 않고 가볍게 받아쳤다.

따악!

높게 솟구친 타구는 우익수에게 잡혔다.

그사이, 3루에 있던 태식이 태그 업을 해 홈으로 들어오며 팽팽하던 경기의 무게추가 깨졌다.

13. 같이 간다

5 : 4.

9회 초, 1사 3루의 찬스에서 득점을 올리면서 역전에 성공한 순간, 신용섭이 두 주먹을 불끈 움켜쥐었다.

연패를 끊어낼 수 있는 기회가 목전으로 찾아온 순간, 신용섭은 천수암의 점쟁이가 했던 말을 떠올렸다.

"원래 보물은 버리려고 하는 물건에 섞여 있는 법이지. 알아보기 어렵게 잔뜩 녹이 슨 채로 말이야."

당시에는 반신반의했다.

그렇지만 이제 와 돌이켜 보니, 점쟁이의 말은 모두 적중했다.

"신빨이 죽인다는 마누라 말이 맞았네."

신용섭이 환하게 웃었다.

김태식, 그리고 용덕수.

실질적으로 오늘 경기, 마경 스왈로우스의 득점은 두 선수가 다 만들었다고 해도 과언이 아니었다.

사이클링 히트를 기록한 김태식은 두말할 것도 없었고, 용덕수도 기대 이상의 맹활약을 해주었다.

"야구 진짜… 모르겠군!"

퇴물 취급을 받으면서 여러 팀을 전전했던 김태식을 당연히 전력 외로 분류했다.

오죽했으면 은퇴까지 종용했을까.

그런데 김태식은 어렵사리 경기에 출전할 기회를 얻자마자 말 그대로 날아다니고 있었다.

과연 자신이 기억하고 있던 김태식이 맞나 하는 생각이 들 정도로.

용덕수도 마찬가지였다.

육성 선수로 입단했지만, 신용섭은 용덕수도 전력 외로 분류했다.

2년이란 시간을 주었지만, 용덕수의 기량 발전 속도는 느렸다.

특히 수비에 비해 공격이 너무 취약하다는 근본적인 약점을 드러내고 있었다.

하지만 지난 두 경기에서 용덕수가 보인 공격력은 기대 이상이었다.

그러나 신용섭의 표정은 이내 일그러졌다.

9회 말, 마지막 이닝만 막아내면 지긋지긋한 연패를 끊고 승리를 거둘 수 있는데, 그게 쉽지 않았다.

허약한 투수진.

투수 부족은 마경 스왈로우스의 1군 팀만의 문제가 아니었다.

퓨처스 리그에 참가하고 있는 마경 스왈로우스 2군 팀도 투수진이 허약한 것은 마찬가지였다.

9회 말, 아웃 카운트 세 개를 잡아 깔끔하게 경기를 마무리하지 못하고, 연속 안타를 허용하며 1사 1, 3루의 위기에 몰렸다.

"답답하네."

이제 더 이상 바꿀 투수도 마땅치 않았다.

전진 수비!

해서 신용섭이 내린 결단이었다.

3루 주자를 홈에 들여보내지 않겠다는 의지를 피력한 것이었다.

딱!

그 순간, 둔탁한 타격음이 그라운드에 울려 퍼졌다. 그리고 타구의 궤적을 눈으로 쫓던 신용섭이 벌떡 일어났다.

빗맞은 타구는 2루수와 우익수 사이로 날아갔다.

'텍사스안타?'

우익수가 재빨리 스타트를 끊었지만, 타구를 잡아내기에는 역부족이었다. 그리고 전진 수비를 지시했던 탓에 2루수가 타구를 쫓기도 어려운 상황.

텍사스안타가 되며 동점을 허용할 것을 직감하고 신용섭의 표정이 잔뜩 일그러졌을 때였다.

끝까지 포기하지 않고 열심히 타구를 쫓아간 2루수 김태식이 뒤돌아선 채 글러브를 쭉 내밀었다.

포구 지점을 놓쳤다고 판단한 순간, 자석에 끌리는 쇠붙이처럼 김태식이 내밀고 있는 글러브 속으로 빨려 들어가는 타구를 확인한 신용섭이 환호했다.

그러나 그도 잠시.

태그 업을 시도한 3루 주자를 확인하고 다시 표정이 굳어졌다.

'막지 못해!'

타구가 그리 멀리 뻗어나간 것은 아니었다. 그렇지만 김태식이 공을 잡은 자세는 송구를 하기에 너무 불편했다.

게다가 김태식은 어깨가 약했다.

해서 결국 동점을 허용했다고 판단한 순간, 김태식이 빙글 몸을 돌리며 노스텝으로 홈으로 송구했다.

'응?'

빨랫줄처럼 홈으로 날아든 송구는 노 바운드로 포수인 용덕수가 내밀고 있는 글러브에 정확히 도착했다.

"아웃!"

태그 업을 시도해 홈으로 뛰어들던 3루 주자가 태그 아웃을 당하면서 그대로 경기가 종료됐다.

강하고 깔끔한 송구로 경기를 마무리한 김태식이 허공에 주먹을 들어 올리며 환호하는 것을 바라보던 신용섭이 혼잣말을 중얼거렸다.

"저 자식, 발만 빨라진 게 아니잖아. 어깨가 대체 언제 저렇게 좋아진 거지?"

＊　　　　＊　　　　＊

철썩!

경기가 종료된 순간, 태식과 용덕수가 하이파이브를 나누었다.

지난 경기와 마찬가지로 오늘 경기도 마경 스왈로우스가 올린 득점의 대부분을 태식과 용덕수가 만들어낸 셈이었다.

하나 차이가 있다면 승패였다.

지난 경기는 태식과 용덕수가 맹활약을 펼쳤음에도 결국 팀의 패배를 막지 못했다. 그렇지만 오늘 경기는 달랐다.

태식과 용덕수가 공수주, 모든 부분에서 맹활약하며 결국 팀의 승리를 이끌었다.

"형, 사이클링 히트, 축하드립니다."

"그래, 고맙다!"

오랫동안 프로야구 선수로 활약했지만 태식이 사이클링 히트를 기록한 것은 이번이 처음이었다.

비록 퓨처스 리그 경기에서 나온 사이클링 히트이긴 했지만, 태식에게는 의미가 있는 대기록이었다.

"이 정도 했으면 계속 선발 출전할 수 있겠죠?"

승리의 여운이 아직 가시지 않아서일까?

잔뜩 상기된 표정으로 용덕수가 질문했다.

"아니."

그런 용덕수에게 태식이 고개를 흔들며 대답했다.

"왜요? 그럼 어떻게 해야 선발 출전을 계속할 수 있는 겁니까?"

"지금보다 더 잘해야지."

"하지만……."

"1군에서 계속 선발로 출전하려면 더 잘해야 해."

"……?"

"내가 전에 말했잖아. 곧 1군으로 올라갈 거라고."

비로소 말귀를 알아들은 용덕수가 연신 두 눈을 깜박였다.

"설마요."

믿기지 않아서일까?

한참 만에 용덕수가 간신히 꺼낸 말이었다.

"설마가 아냐."

"그렇지만 이건 너무… 그러니까 이건 너무……."

용덕수가 쉽게 말을 꺼내지 못하고 망설였다.

그렇지만 태식은 용덕수가 진짜 하고 싶은 말을 이미 알고 있었다.

"너무 쉬운 거 아닙니까?"

육성 선수로 마경 스왈로우스 팀에 입단한 지 2년이 흐른 시점.

그간 용덕수는 나름 최선을 다했으리라.

그렇지만 단 한 번도 1군에 올라가 본 적도 없었고, 1군에 올라갈 길 역시 요원하게 느껴졌을 것이 틀림없었다.

그런데 상황은 급변했다.

퓨처스 리그에서 단 두 경기만을 치렀을 뿐인데, 1군에 올라갈 수 있을 거라고 태식이 장담하니 믿기 힘든 것이리라.

"아직 확정된 건 아냐. 그렇지만 분명히 가능성은 높아!"

태식이 웃으며 덧붙였지만, 용덕수는 여전히 쉬이 믿지 못하는 표정이었다. 그리고 그의 두 눈에 깃든 불안감을 확인한 태식이 물었다.

"뭐가 불안한 거야?"

"그게… 아닙니다."

"그러지 말고 어서 말해봐."

"그러니까… 혹시 형과 멀어질까 봐 걱정이 돼서요."

"응?"

"형은 오늘 경기에서 사이클링 히트까지 기록했으니까 분명히 1군으로 올라갈 수 있을 것 같아요. 그렇지만 저는 아직 많이 모자라서. 그래서 형과 헤어지면 앞으로 저 혼자 어떻게 해야 하나 하는 걱정이 자꾸 들어서요."

비로소 용덕수가 불안해하고 있는 이유를 알게 된 태식이 힘주어 말했다.

"그럴 일 없어."

"하지만……."

"무조건 같이 간다."

"……?"

"만약 네가 걱정하고 있는 경우가 발생한다면… 난 그냥 2군에 남을 거야. 그러니까 그런 걱정은 전혀 할 필요 없어."

태식이 단호하게 말했다.

그 말에 진심이 담겨 있다는 것을 알아챈 용덕수가 놀라면서도 감동받은 표정을 짓고 있을 때였다.

"김태식."

코치님이 다가왔다.

"네."

"감독님이 찾으신다."

"어느 감독님이요?"

"강상문 감독님."

'신용섭 감독이 아니라 강상문 감독이 날 찾는다?'

내심 기다리고 있었던 터였다.

마침내 1군 무대에 진입할 수 있는 분수령이 찾아왔음을 직감한 태식이 각오를 다지며 대답했다.

"지금 바로 찾아뵙겠습니다."

14. 1군 승격의 조건

"오길 잘했어."

신용섭을 몰아내고 감독실을 차지한 채 앉아 있던 강상문이 희미한 웃음을 머금었다.

일주일에 여섯 경기를 치르는 정규 시즌 일정은 강행군이었다.

상대 팀을 분석하고 경기를 준비하기에도 시간이 빠듯했다.

그럼에도 불구하고 강상문은 퓨처스 리그 경기를 직접 보기 위해서 경기장을 찾아왔다. 지금 그 선택이 옳았다고 판단한 이유는 직접 관전한 퓨처스 리그 경기에서 한 줄기 희망의 빛을 보았기 때문이다.

물론 최선의 상황은 바로 팀 전력에 보탬이 될 수 있는 선발투수감을 발견해서 1군으로 올리는 것이었다.

그렇지만 아쉽게도 오늘 경기를 관전한 강상문의 눈에 띄는 투수는 없었다.

대신 김태식과 용덕수, 두 야수가 눈에 들어왔다.

특히 오늘 경기에서 김태식의 공수주, 모든 부분에서의 맹활약은 대단했다.

비록 퓨처스 리그 경기이긴 했지만, 사이클링 히트를 기록했다는 것이 그가 얼마나 대단한 활약을 했는가를 알려주기에 충분했다.

그래서 김태식을 만나기 위해서 지금 이곳에 앉아 있는 것이었고.

"찾으셨습니까?"

감독실로 들어온 김태식을 마주한 강상문이 두 눈을 빛냈다.

김태식의 현재 나이는 서른일곱.

그런데 가까이서 마주한 김태식은 그 나이로 보이지 않았다.

앳된 티가 아직 얼굴에 묻어날 정도로 동안인 데다가, 조금의 군살도 없는 슬림하면서도 근육질의 몸매가 무척 인상적이었다.

'몸 관리를 아주 잘했군!'

희미하게 고개를 끄덕인 강상문이 입을 뗐다.

"내가 자넬 찾은 이유는 궁금한 게 있어서야."

"말씀하십시오."

"아까 주루 플레이 말이야. 3루로 내달린 건 욕심이 앞선 무모한 플레이였다고 생각하지 않나?"

사이클링 히트를 완성하기 위해 3루타 하나만 남겨둔 시점.

마지막 타석에 들어섰던 김태식은 2루타성 타구를 날렸다. 그렇지만 2루에서 멈추지 않고 3루까지 내달렸다.

분명히 위험한 선택.

다행히 결과가 좋아 사이클링 히트를 달성했지만, 무모한 주루 플레이였다고 강상문은 판단했다.

"욕심이 맞습니다."

"알고 있었음에도 욕심을 부렸다? 왜지?"

"절실했으니까요."

"……?"

"1군 무대에 꼭 올라가고 싶었습니다. 그리고 경기를 보기 위해서 찾아오신 감독님께 눈도장을 찍기 위해서는 오늘 경기에서 사이클링 히트를 달성하는 것이 꼭 필요하다고 판단했습니다."

강상문이 고개를 끄덕였다.

지금 이 말을 꺼내는 김태식에게서 진심이 느껴졌기 때문이다. 그리고 말만이 아니었다.

세 번째 타석에서의 기습 번트.

기습 번트를 대고 1루 베이스를 향해 전력 질주하던 김태식의 모습에서는 절실함이 묻어났었다.

"그리고 그 이유가 다가 아니었습니다."

"욕심이 다가 아니었다?"

"팀을 위한 플레이였습니다."

"무슨 뜻이지?"

"오늘 경기 결승점을 올리기 위해서는 꼭 3루까지 진루해야 했습니다. 적시타가 나오기 힘들다고 판단했으니까요."

강상문이 두 눈을 빛냈다.

결과적으로는 김태식의 말이 옳았다.

만약 당시의 김태식이 2루에서 멈췄다면, 역전 결승 득점을 올리기 어려웠을 수도 있었다. 김태식이 위험한 선택을 하면서까지 3루에 도착했던 덕분에, 용덕수의 희생플라이가 나왔을 때 득점을 올릴 수 있었던 것이다.

'생각하면서 야구를 한다?'

그동안 경험이 쌓여서일까?

김태식은 그라운드에서 플레이를 할 때, 생각하면서 야구를 하고 있었다.

그 사실을 깨닫고 나자 더욱 탐이 났다.

그렇지만 강상문의 마음에 걸리는 것은 현재 마경 스왈로우스의 팀 내 사정이었다.

붕괴된 마운드.

이것이 마경 스왈로우스의 가장 큰 약점이었다. 그리고 연패에서 벗어나 반등하기 위해서는 마운드 보강이 시급했다.

하지만 김태식은 투수가 아니라 야수.

그것도 하필이면 2루수였다.

'트레이드 카드로는 약해!'

현재 10개 구단 가운데 2루수를 필요로 하는 팀은 거의 없었다. 그러니 김태식은 트레이드 카드로 매력적이지 않은 셈이었다.

'차라리 3루수였다면.'

포화 상태인 2루 포지션과 달리, 타격 능력을 갖춘 3루수는 KBO 리그에서 희소성이 있는 편이었다.

실제로 3루수 기근 현상이 벌어지면서 작년 FA 시장에서 3할 초반의 타율에 20개의 홈런, 평균 수준의 수비력을 갖춘 3루수가 80억이 넘는 초대박 계약을 터뜨리기도 했다. 그리고 지금도 타격 능력을 갖춘 3루수를 원하는 팀은 많았다.

아쉽게도 김태식은 2루수였다.

게다가 나이도 많았다.

야구 선수로서 환갑이 지났다는 평가를 받는 서른일곱이나 먹은 2루수를 원하는 팀은 없다고 해도 무방했다. 그래서 강상문이 아쉬운 기색을 감추지 못하고 한숨을 내쉬었을 때였다.

"어깨 부상에서 회복했습니다."

"······?"

"3루 수비를 맡을 수 있다는 뜻입니다."

자신을 주시하고 있던 김태식이 말했다.

그 말을 들은 순간, 마치 자신의 머릿속을 읽힌 것 같은 생각이 들어서 강상문이 흠칫 놀랐다.

'그럴 리 없지!'

김태식에게 자신이 머릿속으로 하는 생각까지 읽을 수 있는 능력이 있을 리 없었다. 해서 실소를 흘린 강상문이 입을 뗐다.

"3루수를 맡기에는 어깨가 약하다는 평이 있더군. 그래서 2루수로 전향한 것이 아닌가?"

"예전에는 그랬습니다."

"예전에 그랬다고?"

"지금은 다릅니다."

"다르다? 어떻게 다르다는 건가?"

"아까도 말씀드렸듯이 어깨 부상에서 완벽하게 회복했습니다."

"내가 그 말을 어떻게 믿지?"

"아까 직접 보시지 않으셨습니까?"

"……?"

"홈 송구 말입니다."

'홈 송구?'

강상문이 오늘 경기를 마무리 지었던 김태식의 환상적인 슈퍼 캐치에 이은 홈 송구를 떠올렸다.

그의 말대로 꽤 거리가 멀었고, 송구 자세가 불편했음에도 불구하고 김태식의 홈 송구는 강하고 정확했다.

'어쩌다… 운이 좋았겠지!'

그러나 부상에서 회복하는 것은 쉬운 일이 아니었다.

더구나 어깨 부상은 더욱 그랬다.

그 송구 하나만 보고 괜한 기대를 품었다가 실망할 확률이 높았다.

"1군에 올라오고 싶나?"

"네."

"그건 어려운 일이 아냐. 진짜 중요한 건 따로 있지."

"말씀하시죠."

"만약 내가 자넬 1군에 불러올린다면, 자넨 우리 팀을 위해서 뭘 해줄 수 있지?"

김태식이 지체 없이 대답했다.

"수준급 선발투수를 얻게 될 겁니다."

*　　　　*　　　　*

7타수 7안타!

타율 10할.

거기에 사이클링 히트까지.

태식이 올 시즌 처음으로 출전한 지난 두 경기에서 남긴 기록이었다.

신용섭 감독은 물론이고 강상문 감독의 눈도장을 받기에 충분한 기록!

그렇지만 지난 두 경기에서 자신이 그라운드에서 펼쳤던 플레이 가운데 태식이 가장 의미를 부여하고 있는 것은 수비였다.

텍사스안타가 될 가능성이 높았던 타구를 끝까지 쫓아가서 묘기에 가까운 동작으로 잡아낸 것으로 모자라, 태그 업을 해서 홈으로 쇄도하는 타자를 잡아냈던 강하고 정확했던 송구까지.

'보인다!'

비록 선수로서 성공했던 시간들은 아니었다.

오히려 실패자에 가까웠다.

그럼에도 불구하고 태식은 야구를 손에서 놓지 않았다.

그사이 태식에게 쌓인 것은 풍부한 경험이었다.

그렇게 차곡차곡 쌓인 경험들 덕분일까?

지금 마주하고 있는 강상문 감독의 미세한 표정 변화만 살펴도 지금 그가 머릿속으로 무슨 생각을 하는지 눈에 읽히는 느낌이었다.

"3루수를 맡기에는 어깨가 약해. 그래서 2루수로 전향한 것이 아닌가?"

슬쩍 미간을 찌푸린 채 이 말을 던지는 강상문 감독의 의중을 태식은 이미 간파하고 있었다.

'트레이드 카드.'

프로야구 감독은 바쁘다.

상대 팀 분석과 경기 준비, 선수단 관리만으로도 눈코 뜰 새 없을 정도로 바쁠 강상문이 시간을 쪼개서 퓨처스 리그 경기를 보기 위해 직접 이곳을 찾은 이유는 트레이드 카드를 찾기 위함이었다.

그런 그의 눈에 띈 것이 바로 자신이었고.

하지만 강상문 감독이 고민하는 이유는 태식의 수비 포지선 때문이었다.

공격과 수비 능력을 고루 갖춘 3루수는 기근이라 불러도 좋을 정도로 부족한 반면, 2루수는 차고 넘쳤다.

그래서 어깨 부상 이후 줄곧 2루 수비를 맡고 있는 태식에게 아쉬움을 드러내고 있는 것이었다.

"홈 송구를 직접 보시지 않으셨습니까?"

태식이 지난 두 경기에서 펼쳤던 플레이 가운데 수비 시 홈 송구에 가장 큰 의미를 둔 이유는 이미 이곳을 찾은 강상문의 의중과 욕심을 읽고 있었기 때문이다.

순순히 믿기 힘든 걸까?

영 마뜩잖은 표정을 짓고 있는 강상문 감독을 확인한 태식이 쓰게 웃었다.

어쩌면 당연한 반응.

선수에게 있어 부상은 그만큼 치명적이고 민감한 부분이었다.

태식이 경기 중에 보여주었던 홈 송구 하나로 강상문 감독의 우려를 모두 불식시키기에는 무리가 있었다.

"만약 내가 자넬 1군에 불러올린다면, 자넨 우리 팀을 위해서 뭘 해줄 수 있지?"

"수준급 선발투수를 얻게 될 겁니다."

강상문 감독이 고심 끝에 꺼낸 질문을 들은 태식이 지체 없이 대답했다.

예상치 못했던 대답이기 때문일까?

강상문 감독은 놀란 표정을 감추지 않았다. 그렇지만 아무 생각 없이 그냥 내뱉은 말은 아니었다.

"저는 감독님이 원하시는 것 이상으로 괜찮은 투수입니다."

태식이 진짜 하고 싶었던 이야기.

그러나 그 말을 꺼낼 수는 없었다.

설령 이렇게 말한다고 해서 강상문 감독이 순순히 믿어주지 않을 것임을 알기 때문이었다.

오히려 이 말을 꺼냄으로써 자신에 대한 강상문 감독의 신뢰를 떨어뜨리는 악영향만 끼칠 확률이 높았다.

그리고 하나 더.

아직 태식은 야수가 아닌 투수로서 마운드에 설 준비가 되지 않은 상태였다.

이미 한 번 실패를 경험했기 때문일까?

완벽하게 준비를 마친 후에 다시 마운드에 서고 싶었다.

어쨌든.

태식이 이런 말을 꺼낸 이유는 트레이드를 통해 수준급 선발투수를 데려오는 것에 욕심을 갖고 있는 강상문 감독의 의중을 완벽히 꿰뚫고 있었기 때문이다.

"지금 감독인 나와 농담하는 건가?"

기분이 상한 걸까?

강상문 감독이 역정을 냈지만, 태식은 당황하지 않았다.

"농담이 아닙니다. 수준급 선발투수를 마경 스왈로우스 팀에 영입하기에 충분한 트레이드 카드가 될 생각입니다."

"누가? 자네가?"

"네."

"크게 착각하고 있군."

"……?"

"퓨처스 리그 경기에서 사이클링 히트를 한 번 완성하고 나니, 대단한 선수처럼 느껴지는가 보지? 오판이야."

강상문 감독이 딱 잘라 말했다.

충분히 기분이 상할 수 있는 이야기.

만약 예전의 태식이었다면, 자존심이 상했으리라.

그러나 지금은 전혀 화가 나지 않았다.

방금 강상문 감독이 꺼낸 말이 틀리지 않다는 것을 알기 때문이었다.

"잘 알고 있습니다."

"알고 있다? 그런데 왜 그런 말을 꺼낸 거지?"

"트레이드를 여러 차례 당해봤으니까요."

저니맨!

그동안 수차례 팀을 옮긴 경험이 있다 보니, 어느덧 태식은 반쯤 트레이드 전문가가 되어 있었다.

해서 트레이드에 대해서만큼은 누구 못지않게 일가견이 있었다.

"저 혼자로는 어렵습니다. 아니, 감독님 말씀처럼 불가능하겠죠."

"그걸 잘 알면서……."

"그렇지만 한 명이 더 있다면 가능할 수 있습니다."

강상문 감독의 말을 도중에 자르며 태식이 끼어들었다.

"누굴 말하는 건가?"

"덕수입니다."

"용덕수?"

두 눈을 치켜뜨고 있는 강상문 감독에게 태식이 한마디를 덧붙였다.

"수준급 포수를 탐내는 팀은 많으니까요."

*　　　　*　　　　*

일전에도 밝혔듯이 태식이 용덕수에게 손을 내민 이유는

크게 셋이었다.

첫 번째 이유는 인성.

두 번째 이유는 가능성.

세 번째 이유는 포지션.

그렇지만 이 세 가지 이유가 전부가 아니었다.

태식이 용덕수에게 손을 내민 것에는 한 가지 이유가 더 있었다.

용덕수가 트레이드 카드로 무척 매력적이었기 때문이다.

'만약 시간이 충분하다면?'

그랬다면 이렇게 서두를 필요가 없었다.

지금처럼 자신에게 주어진 기회를 놓치지 않고 가진 바 실력을 조금씩 드러내다 보면, 1군 무대에 진입할 자신이 있었다.

그러나 태식에게는 주어진 시간이 많지 않았다.

서른일곱이라는 많은 나이와 언제 세상을 떠나도 이상하지 않은 무서운 병마와 싸우고 계신 아버지까지.

한시라도 빨리 1군 무대에 진입해야 했고, 또 트레이드를 통해서 자신이 원하는 팀으로 옮겨야 했다.

그것을 위해서는 용덕수가 필요했다.

용덕수에게 손을 내밀 당시, 이미 태식은 자신의 트레이드를 위해서 용덕수를 이용하겠다는 계산을 마친 상태였다.

수비력은 물론이고 공격력까지 갖춘 수준급 포수는 트레이드 카드로 무척 매력적이었기 때문이다.

"형, 부탁이 하나 있는데요."

"부탁? 뭔데?"

"뺨 한 대만 때려주시면 안 됩니까?"

1군 승격!

아직도 승격 통보가 믿기지 않는 기색의 용덕수는 숙소로 돌아온 후 짐을 쌀 생각도 못 할 정도로 흥분 상태였다.

꿈에 그리던 일이 현실로 닥쳤으니 어쩌면 당연한 반응이었다.

진심으로 기뻐하고 있는 용덕수를 보고 있자니, 태식은 미안한 마음이 들었다.

자신의 목적을 달성하기 위해서 아직 순진한 용덕수를 이용했다는 죄책감이 들었기 때문이다.

"덕수야."

"네."

"미안하다."

"설마……."

"……?"

"이거 꿈인가요?"

망연자실한 표정을 짓고 있는 용덕수에게 태식이 고개를

흔들었다.

"꿈 아냐."

"그렇죠? 꿈 아니죠?"

다시 표정이 밝아졌던 용덕수가 이내 고개를 갸웃했다.

"그런데 왜 미안하다고 하셨어요?"

"너한테 말하지 않았던 게 있거든."

"뭡니까?"

"내가 널 이용했어."

"이용… 이요?"

"그래. 나 혼자서는 시간이 너무 오래 걸린다고 판단했거든."

태식은 순순히 털어놓았다. 그리고 그 이야기들을 모두 꺼낸 후 용덕수의 반응을 조심스럽게 살폈다.

누군가에게 이용을 당했다는 사실을 알고 나서 기분이 좋을 사람은 아무도 없다. 더구나 가장 믿었던 사람에게 이용당했다는 것을 알게 되면 더욱 그런 법이었다.

해서 용덕수의 기분이 많이 상하지 않았을까 우려했는데.

용덕수는 대수롭지 않다는 반응을 드러냈다.

"에이, 전 또 뭐라고."

"괜찮아?"

"당연히 괜찮죠."

"하지만……."

"형, 진심으로 감사합니다."

"……?"

"저, 야구 그만두려고 했었거든요."

용덕수의 갑작스러운 고백을 들은 태식이 놀란 표정을 지었다.

"그만두려고 했다고? 왜?"

"야구 선수로서 가망이 없어 보여서요. 그런데 형이 저한테 손을 내밀어주신 덕분에 꿈을 이뤘어요. 1군 무대를 밟는 꿈."

"덕수야."

"절 이용해서 미안하다고요? 에이, 그런 이용이라면 얼마든지 더 하셔도 돼요. 대신 하나만 약속해 주세요."

"어떤 약속?"

"앞으로도 계속 저와 함께하시겠다는 약속이요."

태식이 희미한 웃음을 머금은 채 대답했다.

"그건 오히려 내가 부탁하고 싶은 말이다."

"네?"

"내 마구를 받아줄 포수는 너밖에 없거든."

"역시 형은 포수로서 제 능력을 인정하시는군요."

"그래, 그러니까 우리 오래가자."

환하게 웃고 있는 용덕수 덕분에 마음의 짐을 훌훌 털어버린 태식이 정색한 채 다시 입을 뗐다.

"아직 기뻐하긴 이르다."

"네?"

"프로의 세계는 무척 냉정하고, 1군 무대는 전쟁터나 다름 없어. 그러니까 너도 단단히 각오해."

"명심하겠습니다."

각오를 다지듯 비장한 표정을 짓고 있던 용덕수가 배시시 웃으며 말했다.

"형! 그래도 오늘 하루는 괜찮지 않을까요?"

"응?"

"오늘 하루만 기뻐하고 내일부터 다시 열심히 하겠습니다. 그런 의미로 고기 파티, 어떻습니까? 제가 소고기 쏘겠습니다."

"그래, 고기 파티 좋지. 단, 훈련은 마치고 하자."

"오늘도요?"

태식이 서랍에서 세 개의 주사위를 꺼내 들며 대답했다.

"당근이지!"

15. 늘어난 목표

1군 승격 통보를 받은 기념으로 고기 파티가 열렸다.

메뉴는 돼지갈비!

용덕수는 자신이 계산하겠다고 주장하며 소고기를 먹자고 했지만, 까마득한 선배가 후배에게 얻어먹을 수는 없는 노릇.

그건 태식의 자존심이 허락하지 않았다.

해서 태식이 강하게 주장해서 메뉴는 돼지갈비로 결정이 났다.

순식간에 3인분을 해치우고 3인분을 더 추가했을 때, 용덕수가 물었다.

"소주 한잔하시겠어요?"

"술?"

가끔씩 술 생각이 나는 것은 사실이었다. 그렇지만 태식은 단호하게 고개를 흔들며 대답했다.

"술 끊었어. 사이다로 하자."

"역시 몸 관리가 철저하시네요."

존경한다는 듯한 눈빛으로 바라보고 있는 용덕수의 시선을 마주하고 있으니 멋쩍은 기분이 들었다.

몸 관리에 철저하지 못했던 기억이 떠올랐기 때문이다.

그 탓에 점점 더 성적이 추락하며 저니맨의 대명사가 됐고.

물론 신체 나이가 과거로 돌아간 기적이 벌어진 후에는 달라졌다.

술과 담배를 끊은 것은 물론이고, 인스턴트 음식도 딱 끊었다. 그리고 힘들고 지겹더라도 정해진 훈련 스케줄은 철저히 지켰다.

그 노력 덕분일까?

조금씩 몸의 변화가 느껴졌다.

'보였어!'

저글링을 하듯이 세 개의 주사위를 동시에 던진 상황에서 주사위 면에 박힌 점의 개수를 파악하는 눈 훈련.

지금까지는 세 개의 주사위를 동시에 보지 못했다.

그런데 오늘 처음으로 세 개의 주사위를 동시에 볼 수 있었다.

그렇지만 아직 시작 단계였다.

열 번 중 열 번 모두 볼 수 있도록 계속 노력해야 했다. 그리고 그게 끝이 아니었다.

동시에 던진 세 개의 주사위를 모두 보는 것이 가능해지면, 주사위의 숫자를 하나씩 더 늘릴 계획이었다.

태식이 생각하고 있는 주사위의 개수는 다섯 개.

다섯 개의 주사위를 동시에 던졌을 때 하나도 놓치지 않고 볼 수 있어야 했다. 그래야만 투수의 손에서 공이 떠난 순간 바로 구질을 파악할 수 있을 것이었다.

"우리 건배 한번 할까?"

"좋죠."

사이다를 따른 잔을 들어 건배하며 태식이 물었다.

"덕수야. 넌 꿈이 뭐냐?"

"꿈이요?"

"그래. 프로야구 선수로서 이루고 싶은 꿈이 있을 거 아냐?"

"꿈이 있긴 한데……."

"그런데?"

"벌써 이뤘는데요."

"응?"

"1군 무대를 밟는 것이 제 꿈이었거든요."

싱글벙글 웃으며 용덕수가 대답한 순간, 태식이 정색한 채 말했다.

"그럼 이제 다른 목표를 세워."

"네?"

"1군 승격이란 꿈을 끝까지 포기하지 않은 덕분에 그 꿈을 이룬 거잖아."

"그게 아닌 것 같은데요."

"응?"

"형 덕분에 꿈을 이룬 거죠."

아주 틀린 말은 아니었지만, 태식은 고개를 흔들었다.

"난 옆에서 도우면서 기회를 준 것뿐이야. 네가 꿈을 이룬 것은 그 꿈을 포기하지 않았기 때문이야."

"네."

"그러니까 새 목표를 세우라고."

목표를 세우는 것은 중요했다.

명확한 목표가 있어야만 그 목표를 이루기 위해서 한눈팔지 않고 정진할 수 있기 때문이었다.

"그럼… 1군에서 선발 출전을 하는 것을 목표로 잡겠습니다."

잠시 고민하던 용덕수가 비장한 표정으로 꺼낸 대답.

그 대답을 들은 태식이 주먹을 쥐고 알밤을 먹였다.

"왜 때리시는 건데요?"

"한심해서."

"네?"

"사내자식이 목표가 그렇게 작아서야 되겠어?"

태식의 핀잔을 듣고 억울한 표정을 짓던 용덕수가 되물었다.

"그럼 형의 목표는 뭔데요?"

"내 목표?"

태식이 쓰게 웃었다.

신인 드래프트에서 지명받아 프로야구 선수가 되었을 때, 태식이 세웠던 목표는 세 가지였다.

첫째는 골든 글러브 수상.

둘째는 억대 연봉.

셋째는 프랜차이즈 스타가 되는 것.

그렇지만 지금은 목표가 바뀌었다.

그리고 바뀐 태식의 목표는······.

"당연히 목표가 있지. 그것도 무려 다섯 가지 씩이나."

나이가 들어서일까. 아니면, 그동안 후회가 많이 쌓여서일까.

욕심이 늘었다.

그래서 예전에 비해서 목표도 둘씩이나 더 늘어 있었다.

"첫 번째 목표는 골든 글러브 수상이야."

"골든 글러브요?"

"그것도 두 번."

"한 번도 아니고 두 번씩이나요?"

"그래. 다른 포지션에서 골든 글러브를 수상하고 싶어."

"어떤 포지션에서요?"

"야수로, 그리고 투수로도."

야수와 투수.

지금의 태식은 어느 쪽도 포기할 생각이 없었다. 그리고 기왕이면 각 부분에서 모두 최고의 위치에 올라가고 싶었다.

짐작했던 것보다 훨씬 큰 태식의 목표에 놀란 표정을 감추지 않은 채 용덕수가 다시 물었다.

"다음 목표는 뭡니까?"

"두 번째 목표는 FA 대박이야!"

이미 태식의 나이는 서른일곱.

예전에는 억대 연봉을 목표로 했지만, 이젠 너무 나이를 먹었다. 그래서 태식이 노리는 것은 FA 시장에서 거액의 계약을 맺으며 대박을 터뜨리는 것이었다.

"가능… 할까요?"

용덕수가 우려 섞인 표정을 짓고 있는 이유는 태식도 짐작했다.

서른일곱이란 많은 나이.

더구나 지금까지 태식은 딱히 보여준 것이 없었다.

그러니 FA 시장에서 대박 계약을 맺는 것은 분명히 쉬운 일이 아니었다. 하지만 태식은 자신이 있었다.

'내가 달라졌다는 것을 알아보는 팀이 있을 거야!'

태식이 속으로 각오를 다질 때, 용덕수가 다시 물었다.

"그럼 세 번째 목표는요?"

"세 번째 목표는… 우승이야."

"우승… 이요?"

"그래. 우승!"

태식은 이미 우승 경험이 있었다.

KBO 리그를 대표하는 저니맨답게 여러 팀을 전전하다 보니, 우승팀에 적을 둔 적도 있었다.

그렇지만 태식의 역할은 주연도, 조연도 아니었다.

들러리라고 표현하는 것이 어울릴 정도로 비중과 역할이 작았다. 그래서 우승의 기쁨을 만끽하는 주조연급 선수들을 멀찍이 떨어져서 바라보기만 해야 했다.

무척 쓰고 아팠던 경험!

그 쓰라린 경험을 또다시 겪고 싶지 않았다.

이번만큼은 들러리가 아닌 팀 우승의 중심에 선 주연으로 서 우승의 기쁨을 만끽하고 싶었다.

물론 프랜차이즈 스타가 되겠다는 욕심도 완전히 버린 것 은 아니었다.

팀 우승의 주역이 될 정도로 눈에 띄는 활약을 꾸준히 펼 친다면 프랜차이즈 스타로 발돋움하는 것도 불가능한 것이 아니었기 때문이다.

KBO 리그를 대표하는 저니맨에서 프랜차이즈 스타로!

이런 극적 반전도 없으리라.

저니맨이 아닌 프랜차이즈 스타가 된 자신의 모습을 그리 며 태식이 희미한 미소를 머금었을 때였다.

"네 번째 목표는 뭡니까?"

용덕수의 질문을 듣고서 태식이 상념에서 깨어났다.

"네 번째 목표는 기록을 세우는 거야."

"어떤 기록이요?"

"최고령 현역 야구 선수 기록!"

현재 KBO 리그 최고령 현역 선수 기록을 갖고 있는 것은 한때 중앙 드래곤즈에서 용병 선수로 뛰었던 훌리오 프랑코였 다.

당시 훌리오 프랑코의 프로필에 따르면 그는 만 40세로 기 록되어 있었다. 그러나 그가 KBO 리그를 떠나고 난 후, 그가 계약을 할 당시에 나이를 속였다는 것이 밝혀졌다.

만 42세. KBO 리그에서 뛸 당시 그의 진짜 나이였다.

이 기록은 여전히 KBO 리그 최고령 현역 선수 기록으로 남아 있었다. 그리고 태식은 이 기록을 깨뜨릴 생각이었다.

"욕심이 너무 많으신 거 아니세요?"

"늦게 핀 꽃이니 오래 가야지."

"오, 꼭 시의 한 구절 같은데요. 그나저나 형은 가능할 거 같아요."

"왜 그렇게 생각해?"

"몸 관리가 워낙 철저하시니까요."

태식이 쓰게 웃었다.

엄밀히 말하면 태식은 몸 관리에 실패한 대표적인 선수 중 한 명이었다. 용덕수가 착각한 이유는 신체 나이가 젊어지는 기적이 벌어졌기 때문이었다.

어쨌든, 현재 태식의 신체 나이는 스무 살 무렵.

앞으로 최소 십 년은 충분히 현역으로 뛸 자신이 있었다. 게다가 예전 실패를 교훈 삼아 몸 관리도 철저히 할 테니 더 오래 뛰는 것도 가능했다.

비록 막연하긴 했지만 태식은 앞으로 십오 년 정도 선수 생활을 더 하는 것을 목표로 삼고 있었다.

'이러다 환갑에도 야구 선수로 뛰는 거 아냐?'

퍼뜩 떠오른 생각에 태식이 희미한 미소를 머금었을 때였다.

"마지막 다섯 번째 목표는 뭔데요?"

용덕수의 질문 덕분에, 마지막 다섯 번째 목표를 떠올린 태식의 입가에 떠올랐던 미소가 짙어졌다.

단지 상상하는 것만으로도 가슴이 벅차오를 정도로 큰 목표.

비록 먼 훗날의 이야기일 테지만, 이 목표를 포기할 생각은 없었다.

"비밀이야."

"비밀… 이요?"

"아직은 너무 멀리 떨어져 있는 목표거든. 그 목표에 조금 다가갔다는 확신이 섰을 때, 그때 알려줄게."

불판의 열기 때문일까.

맥주 대신 마신 사이다는 미지근하고 김이 빠져 있었다. 그래서 시원한 맥주 생각이 절로 났지만, 태식은 김빠진 사이다로 만족하기로 했다.

용덕수의 앞에서 밝혔던 자신의 목표들을 이루기 위해서.

잘 익은 돼지갈비를 한 점 집어 입에 넣으며 태식이 화제를 전환했다.

"그나저나 바라던 대로 1군 무대를 밟게 된 소감이 어때?"

"아직 실감이 안 납니다. 그냥 얼떨떨해요."

"그럼 1군에 올라가서 가장 먼저 하고 싶은 건 뭐야?"

1군에서 해보고 싶었던 것들이 많았기 때문일까?

용덕수는 쉽게 대답하지 못하고 한참을 고민했다. 그리고 잠시 뒤, 용덕수가 어렵게 대답을 꺼냈다.

"사인이요."

"사인?"

예상 밖의 대답.

그래서 황당하게 바라보던 태식이 픽 웃으며 핀잔을 건넸다.

"1군에 올라간다고 해서 갑자기 인기가 많아지는 거 아니다. 팬들에게서 사인 요청이 들어올 정도가 되려면 시간이 좀 걸릴 걸."

"사인을 하려는 게 아닌데요."

"응?"

"사인을 받으려고요."

"사인을 하는 게 아니라 받는다고? 누구한테?"

"최원우 선배요."

"최원우?"

최원우는 태식도 알고 있었다. 아니, 야구에 조금이라도 관심이 있는 사람이라면 최원우의 이름을 들어보았을 터였다.

마경 스왈로우스의 4번 타자이자 프랜차이즈 스타.

"예전부터 팬이었거든요. 최원우 선배님께 사인을 받고, 같이 밥을 먹고, 함께 그라운드에서 뛴다는 생각을 하면 벌써 잠이 안 올 지경입니다."

단지 상상하는 것만으로도 좋은 걸까?

황홀한 표정을 짓고 있는 용덕수를 한심하게 바라보며 태식이 고개를 절레절레 흔들고 있을 때였다.

"형은 가장 먼저 하고 싶은 게 뭡니까?"

용덕수의 질문을 받은 태식이 망설이지 않고 대답했다.

"사과해야지. 그리고 부탁도 할 생각이야."

＊　　　　＊　　　　＊

1군 승격 통보.

용덕수와 달리 태식은 1군 무대를 밟은 경험이 많았다.

그럼에도 불구하고 이번 1군 승격 통보는 의미가 있었다.

프로야구 선수로서 인생 2막의 시작을 알리는 신호탄!

그래서 이 소식을 병마와 힘겹게 싸우고 있는 아버지에게 가장 먼저 전하고 싶었다.

"저 왔습니다."

병실 침상에 누워 있는 아버지의 낯빛은 창백했다.

뼈가 드러날 정도로 앙상한 아버지의 몸이 무척 낯설게 느껴졌다.

"잘했다. 너는 분명히 프로야구 선수가 될 거라고 확신했다. 이 애비는 한 번도 의심해 본 적이 없어."

신인 드래프트에서 대승 원더스의 지명을 받고 집으로 돌아왔을 때, 아버지는 태식의 손을 꽉 잡아주셨다.

아들의 성공이 기뻐서일까?

만면에 웃음을 머금으신 채 밤새 소주를 마시고도 아침 운동을 나갈 정도로 아버지는 건강했었는데.

그리고 자신의 손을 꽉 잡아주던 아버지의 거친 손은 뜨겁다는 느낌이 들 정도로 따뜻했는데.

병실 침상에 누워 있는 앙상한 아버지는 많이 쇠약해졌다. 또, 태식이 맞잡은 아버지의 거친 손은 더 이상 뜨겁지 않았다.

"잘해라. 진짜로 잘해야 된데이."

프로야구 선수가 된 것이 끝이 아니다.

이제부터가 진짜 시작이다.

그러니 자만하지 말고 열심히 해야 한다.

그날, 술에 취하신 아버지가 당부한 말이었다. 하지만 태식은 그 당부를 들어드리지 못했다.

아버지가 이렇게 된 것이 꼭 자신의 탓처럼 느껴져서 태식의 눈시울이 붉어졌다.

"죄송합니다."

태식이 아버지께 사과했다.

"제가 더 열심히 했어야 했는데. 그리고 더 잘했어야 했는데."

노력이 부족했던 시간들이, 그리고 허송세월하며 무심히 흘려보내 버렸던 시간들이 후회가 되어 돌아왔다.

"태식… 이가?"

이를 악물고 눈물을 참던 태식이 쇳소리처럼 거친 아버지의 목소리를 듣고 아래로 떨구고 있던 고개를 들었다.

"네, 저 왔습니다."

"바쁠 텐데… 뭐 하러 왔노?"

"……."

"애비는 괜찮으니까… 자꾸 찾아오지 말고 얼른 가서 연습해라."

"아버지."

"와? 뭔 일 있나? 니 혹시… 야구 그만둔 거 아니제?"

"아니요."

"아닌 것 맞제?"

"아시잖아요. 제가 야구를 얼마나 좋아하는데요."

태식이 애써 웃으며 대답했다.

그제야 비로소 안심한 기색의 아버지가 가쁜 숨을 내쉬며 대답했다.

"그러믄 됐다."

이 짧은 대화를 나누는 것조차 힘드신 걸까?

다시 두 눈을 감아버리려는 아버지를 확인한 태식이 서둘러 입을 뗐다.

"아니요."

"응?"

"그걸로는 부족합니다."

"……?"

"이제부터 잘하려고요. 야구."

예전과 달라진 자신의 모습을 눈치챈 걸까?

반쯤 감긴 눈으로 자신을 바라보고 있는 아버지에게 태식이 부탁했다.

"곧 TV에 나올 겁니다."

"테레비에 나온다고?"

"네. 이젠 진짜 야구를 잘하는 모습만 보여 드릴게요. 그러니까… 그러니까… 아버지가 꼭 봐주세요."

사과, 그리고 부탁!

태식이 아버지에게 하고 싶었던 말들이었다.

그리고 하나 더.

"약해지지 마세요. 기적이 일어날지도 모르니까요."

태식에게 벌어졌던 일은 기적!

그 기적은 우연히 찾아온 것이 아니었다.

야구를 누구보다 좋아했고, 야구를 잘하고 싶다는 목표를 마음속에 품은 채 야구를 끝까지 포기하지 않았던 덕분에 거짓말처럼 기적이 찾아왔던 것이었다. 그리고 그 기적이 아버지에게도 일어나지 않으리란 법은 없었다.

삶에 대한 의지를 포기하지만 않는다면, 기적은 언제든지 벌어질 수 있었다.

"니, 기적이라 캤나?"

"네."

"알겠다. 아들이 테레비에 나온다 카는데, 애비가 안 볼 수야 없지."

태식의 손을 잡고 있는 아버지의 손에 조금 강한 힘이 실리는 것이 느껴졌다.

삶에 대한 의지!

힘이 실리는 아버지의 손을 통해 그 의지가 전해졌다.

그제야 조금 안도한 태식이 희미하게 웃으며 덧붙였다.

"오래 사셔야 합니다."

"……?"

"앞으로 아들이 TV에 계속 나올 테니까요."

16. 궁합

패나 오랫동안 머물렀던 2군이었지만 짐은 단출했다.

부피가 큰 짐들은 택배로 보내고, 어깨에 메는 커다란 가방 하나만 갖고 기차역으로 향하기로 했다.

기차역으로 향하는 택시 안.

지난밤의 홍분이 사라진 용덕수가 불안한 표정으로 입을 뗐다.

"벌써 걱정이네요."

"뭐가?"

"짐 풀기도 전에 2군으로 돌아올까 봐요. 그리고 제대로 인사를 못 하고 떠나는 것이 마음에 걸리기도 하고요."

"신경 쓸 것 없어."

"네?"

"다시 만날 일 없으니까."

마경 스왈로우스 2군 팀 동료들에게 제대로 작별 인사를 못 하고 떠나는 것을 마음에 걸려 하는 용덕수에게 태식이 잘라 말했다.

"다시 만날 일이 없다고요? 하지만……."

"2군으로 돌아올 생각이야?"

"그건 아니지만……."

"무조건 1군에서 버틴다는 각오 정도는 해야지. 그리고 우린 곧 이 팀을 떠날 거야. 그러니 두 번 다시 만날 일이 없다고 해도 무방하지."

태식이 슬쩍 눈살을 찌푸린 채 말했다.

이번에 1군 무대로 올라가면 두 번 다시 2군으로 내려갈 생각이 없었다.

병상에 계신 아버지와 했던 약속을 지키기 위해서라도 절대로 2군으로 내려가서는 안 됐다.

그럼 TV에 나올 수 없을 테니까.

비로소 단단한 각오가 생긴 걸까?

비장한 표정으로 고개를 끄덕이던 용덕수가 입을 뗐다.

"형, 예전부터 궁금한 게 하나 있는데요."

"말해봐."

"왜 팀을 떠나시려는 거세요?"

우리는 트레이드를 통해서 팀을 떠날 것이다!

태식이 몇 번이나 했던 말이었다. 그리고 용덕수는 태식이 마경 스왈로우스를 떠나려고 하는 이유에 대해서 묻고 있는 것이었다.

"궁합 알지?"

"궁합이면… 결혼하기 전에 점집에서 보는 거요?"

"그래, 바로 그 궁합."

궁합(宮合)은 혼인을 앞두고, 신랑 신부의 사주를 오행에 맞추어 상생과 상극을 보아 길흉을 점치는 방법이었다.

사주와 오행에 살이 있으면 불길하다고 여겨서 예전부터 혼인 전에 궁합을 보는 풍습이 있었고, 지금까지도 그 풍습은 꾸준히 내려오고 있는 상황이었다.

"근데 갑자기 궁합 얘기는 왜 꺼내시는 건데요?"

"비슷하거든."

"뭐가요?"

"나는 야구 선수와 야구 선수가 뛰는 팀의 관계가 부부 사이와 비슷하다고 생각해. 그래서 궁합이 중요하다고 여기고 있고."

태식이 간략히 설명했지만, 용덕수는 제대로 이해한 기색이 아니었다.

해서 태식이 부연 설명을 덧붙였다.

"트레이드나 방출, FA 시장을 통해서 다른 팀으로 이적하는 선수들이 많잖아. 그 선수들 가운데 갑자기 맹활약하는 선수들이 있어. 이전 소속 팀에서는 죽을 쑤다가 다른 팀으로 이적하자마자 두각을 드러내는 이유가 난 궁합 때문이라고 생각해. 선수와 맞는 팀이 있다는 뜻이지."

"그러니까 마경 스왈로우스와 형은 궁합이 안 맞는다. 이런 뜻인가요?"

"맞아."

"왜 궁합이 안 맞는다고 생각하세요?"

"여러 가지 이유가 있겠지만… 크게 두 가지야."

"두 가지 이유? 뭔데요?"

"우선 팀 내 사정이야. 너도 알다시피 현재 마경 스왈로우스는 리그 8위에 처져 있어. 게다가 팀을 이끌고 있는 강상문 감독님은 올 시즌을 끝으로 계약이 만료되지. 경질당하지 않고 재계약을 하기 위해서는 최소한 가을 야구에 진출하는 가시적인 성과를 거둬야 하기 때문에 지금 감독님의 마음은 무척 조급한 상태야. 그러니 팀의 장점은 고스란히 유지한 채 약점을 보완하려고 할 것이 분명한데, 마경 스왈로우스의 약점은 선발투수진이 붕괴된 거야. 해서 강상문 감독은 수준급 선발투수의 영입을 원하지만, 팀의 장점인 안정된 수비와 리그에서 상위권인 공격력도 포기하기는 어렵지. 즉, 장기적으로 본다면 이미 야수들의 스쿼드가 거의 완성된 상태인 마경 스왈로우스에서 너와 내가 주전 자리를 꿰차기는 어렵다는 거지."

거기까진 생각하지 못했던 걸까?

두 눈을 연신 껌벅이던 용덕수가 감탄한 표정을 지었다.

"진짜 대단하시네요."

"뭐가?"

"전 1군에 올라간다는 생각에 너무 기뻐서 아무 생각도 못하고 있었는데. 어떻게 이런 걸 다 생각하셨어요?"

어쩌면 당연한 것이었다.

용덕수는 단 한 번도 1군에 올라가 본 적 없는 생짜 신인.

생애 첫 1군 승격으로 인해 흥분한 상태인 데다가, 경험조차 없으니 이렇게 깊은 부분까지 생각할 여유가 없었을 터였다.

"운 좋은 줄 알아."

"네?"

"내가 옆에 있다는 것 말이야. 골치 아픈 생각은 내가 할 테니까. 넌 야구만 열심히 하면 돼."

한시름 덜었다고 생각한 걸까?

표정이 밝아진 용덕수가 다시 질문했다.

"그런데 두 번째 이유는 뭡니까?"

"두 번째 이유는 감독이야."

"강상문 감독님이요?"

"그래. 아까도 말했듯이 강상문 감독님은 올 시즌을 끝으로 계약이 만료되기 때문에 성적을 올리기에 급급해. 게다가 원래 성격도 급한 편이지. 그러니 너와 나처럼 1군으로 승격한 선수들에게 많은 기회를 주지는 못 해. 이번 시즌에 실패하면 다음이 없기 때문에 잠재력이 있는 유망주보다는 검증된 선수들 위주로 기용할 거란 얘기지."

"그럼 어쩌죠?"

"절이 싫으면 중이 떠나야지."

"하지만……."

용덕수가 말끝을 얼버무렸다. 그렇지만 태식은 용덕수가 하고 싶은 말이 무엇인지 이미 눈치챘다.

"강상문 감독이 네게 기회를 주지 않을까 봐 걱정하는 거지?"

"네? 네."

"걱정할 필요 없어. 분명히 기회는 줄 테니까. 다만……."

"다만 뭡니까?"

"기회가 많이 주어지지는 않을 거야."

"······."

"그래도 트레이드 카드로 우릴 활용할 생각이니까 분명히 쇼케이스 무대 정도는 마련해 줄 거야."

"쇼케이스요?"

"그래, 쇼케이스. 우리가 할 일은 그 기회를 놓치지 않는 거야."

"넵, 명심하겠습니다."

첫 1군 무대 승격!

하지만 기대했던 장밋빛 미래가 아닌 험난한 상황에 처해 있음을 알아챈 용덕수의 낯빛이 어두워졌다.

"형!"

"또 왜?"

"그런데 그 기회를 놓치지 않기 위해서 어떻게 준비해야 할까요?"

태식이 망설이지 않고 대답했다.

"전략적으로 접근해야 해."

17. 텃세

"앞으로 잘 부탁드릴게요."

1군 숙소에 도착해 짐을 풀던 태식이 인사 소리를 듣고 고개를 돌렸다.

오늘부터 함께 숙소를 쓰게 될 장영기가 방 안으로 들어와 있는 것이 보였다.

장영기의 나이는 스물아홉.

현재 마경 스왈로우스 팀에서 주전 3루수로 뛰고 있었다.

"나야말로 잘 부탁한다."

장영기에게 마주 인사하며 태식이 속으로 생각했다.

'공교롭게도 장영기와 함께 숙소를 쓰게 됐군.'

태식의 현재 수비 위치는 2루.

그렇지만 수비 위치를 3루로 전향할 생각이었다.

그런 의미에서 보자면 장영기는 잠재적인 라이벌이었고, 하필 그런 장영기와 함께 숙소를 쓰게 된 것이 공교롭다는 생각이 들었다.

물론 장영기의 생각은 다를 터였다.

태식을 잠재적인 라이벌로 여기지 않을 터.

"짐은 천천히 푸시죠."

"짐이랄 것도 없어. 금방 끝날 거야."

"에이, 뭐가 그리 급하실까?"

팔짱을 낀 채 장영기가 던지는 말을 듣고 있던 태식의 표정이 살짝 굳어졌다.

태식의 나이는 서른일곱.

반면 장영기는 아직 서른도 되지 않았으니 10년 가까이 나이 차가 났다.

비록 학연은 없었지만, 엄연히 태식이 선배였다.

그렇지만 장영기는 의도적으로 선배님이란 표현을 생략한 채 말하고 있었다.

'텃세?'

"또 언제 2군으로 내려가실지도 모르잖아요."

그 이유를 짐작했던 태식은 장영기가 덧붙인 말을 듣고 미간을 찡그렸다.

이번이 처음이 아니었다.

저니맨의 대명사답게 태식은 여러 차례 팀을 옮겼다.

그때마다 텃세가 있었고, 그로 인해 무척 불편하고 힘든 경우들이 있었다.

이번애도 마찬가지였다.

야구 이상의 스트레스!

여러 차례 경험했지만, 여전히 잘 적응되지 않았다. 그러나 경험이 쌓이면서 이런 상황에 어떻게 대처해야 하는가는 깨달았다.

"2군에 다시 내려가는 일은 없을 거야."

"에이, 그걸 어떻게 장담하세요?"

"약속했거든."

"약속? 무슨 약속요?"

"나 스스로와 약속했어. 다시 2군으로 내려가게 된다면 차라리 은퇴하기로. 그리고 호칭 정리부터 확실히 하자."

"호칭 정리요?"

"선배님!"

"……?"

"한심한 선배이긴 해도… 내가 선배인 건 맞잖아?"

태식이 정곡을 찌르자, 장영기가 흠칫했다.

그 반응을 확인한 태식이 희미한 웃음을 머금었다.

예전에는 이렇게 당당하게 대처하지 못했다.

자괴감이랄까?

자신의 이름 앞에 따라붙는 야구를 못해서 이 팀, 저 팀 옮겨 다니는 패배자란 낙인이 부끄러웠다. 그래서 매사에 당당하지 못하고 끌려다녔다.

주눅이 든 채 눈치만 살피다 보니 점점 더 무시당했다. 그 때문에 태식도 스트레스가 극심했었다.

하지만 이제는 달랐다.

기적이 일어나면서 자신감을 되찾은 덕분일까?

주눅이 들지도, 눈치를 살피지도 않았다.

'어차피 곧 팀을 떠날 테니까.'

적잖이 당황한 기색의 장영기가 다시 입을 뗐다.

"족발 시켜서 소주 한잔 하기로 했는데. 같이 드실래요?"

"……."

"같이 족발 드시겠냐고요?"

"……."

"제 말 안 들리……."

"그거 나한테 한 말이야?"

"네? 네."

"선배님! 호칭을 제대로 안 붙여서 나한테 한 말인지 몰랐잖아. 뭐라고 했어? 다시 한번 말해봐."

"그러니까… 선배님. 족발에 소주 한잔 안 하시겠냐고 물었습니다."

빈정이 상해서일까?

시뻘겋게 얼굴이 상기된 장영기가 떠듬거리며 간신히 말을 마친 순간, 태식이 잘라 대답했다.

"난 됐어. 야구를 오래, 그리고 잘하기 위해서 술 끊었거든."

"아, 네."

"피곤해서 난 좀 쉬어야겠다."

태식이 침대에 누웠다.

휴식도 훈련!

장영기를 무시하고 침대에 누운 태식이 이내 잠에 빠져들었다.

*   *   *

꿈에 그리던 1군 무대!

시설, 숙소, 심지어 식사까지.

모든 것이 2군과는 비교할 수 없을 정도로 좋았다.

유일하게 아쉬운 점은 김태식과 한방을 쓰지 못한다는 점이었다.

용덕수와 함께 방을 쓰는 것은 김일중!

나이는 서른둘, 포지션은 포수였다.

현재 마경 스왈로우스의 주전 포수 마스크를 쓰고 있는 김일중과 한방에 배정된 것은 그에게 많은 것을 배우라는 강상문 감독 나름의 배려였다.

"선배님, 용덕수라고 합니다. 앞으로 잘 부탁드리겠습니다."

해서 용덕수가 공손히 인사했지만, 김일중의 반응은 시큰둥했다.

인사도 받아주지 않고 위아래로 흘깃 살피더니, 한마디를 툭 내뱉었다.

"너, 육성 출신이라며?"

"네?"

"육성 출신 아니냐고?"

신인 드래프트에서 지명받지 못하고, 육성 선수 출신으로 팀에 입단한 것이 맞냐고 묻는 것이었다.

"네, 맞습니다."

"새끼. 왜 한 번에 알아듣지 못하고 다시 말하게 만들고 지랄이야."

"죄송합니다."

"죄송한 짓 하지 마라."

"네? 네."

"그리고 하나 더, 앞으로 나하고 겸상하지 마라."

"……?"

"짐도 풀지 말고."

"……?"

"며칠 있다가 바로 내려갈 텐데 번거롭게 짐 다 풀 일 없잖아. 그냥 있는 듯 없는 듯 조용히 지내면서 구경이나 하다가 다시 2군으로 돌아가라."

자기 할 말을 마치고 나서 다시 스마트폰 게임에 열중하는 김일중으로 인해 부아가 치밀었다.

"저 안 내려갑니다."

"뭐?"

"아니, 못 내려갑니다. 제가 얼마나 어렵게 1군에 올라왔는데 절대 다시 2군으로 못 돌아갑니다."

"웃기고 있네. 실력 없으면 쫓겨 내려가는 거지. 육성 출신 주제에."

'한 대 치고 싶다!'

진심으로 넙데데한 김일중의 면상을 한 대 후려갈기고 싶었다. 그것을 간신히 참고 있을 때, 김일중이 코웃음을 치며 덧붙였다.

"너, 아까 야구 오래 하고 싶다고 했지?"

"네."

"그럼 내가 특별히 방법을 알려주지."

용덕수가 의아한 시선을 던졌다.

좀 전에는 육성 선수 출신이라고 무시하던 김일중은 갑자기 태도가 일변해서 다정하게 충고를 건네고 있었다.

'왜 이래?'

김일중의 갑작스러운 태도 변화에 적응하지 못한 용덕수가 눈을 깜박이고 있을 때였다.

"사람 가리면서 사귀어."

"……?"

"퇴물하고 친하다면서? 생각 잘해라. 누구와 친하게 지내느냐에 따라서 야구 오래 할 수도 있고, 금방 은퇴할 수도 있으니까."

김일중이 비릿하게 웃으며 꺼낸 말이 용덕수의 신경을 긁어 놓았다. 그래서 더 참지 못하고 용덕수가 언성을 높였다.

"퇴물 아닙니다."

"뭐?"

"김태식 선배님, 퇴물 아니라고요. 두고 보세요. 머잖아 골든 글러브도 수상하시고, FA 대박도 치실 겁니다."

"골든 글러브? FA 대박? 아주 지랄을 한다."

"방금 뭐라고 하셨습니까?"

"지랄이 풍년이라고 했다. 왜? 골든 글러브가 누구 집 개 이름인 줄 아나? 그리고 FA 대박? 언제? 환갑 지나고 나서?"

낄낄거리며 웃던 김일중이 정색한 채 소리쳤다.

"한물, 아니, 몇 물 간 퇴물에 멍청한 육성까지! 감독님은 도대체 무슨 생각으로 1군으로 불러올린 거야? 올 시즌 포기한 거야, 뭐야."

다음 날 아침.

1군과 2군.

무대도 숙소도 달라졌지만, 태식이 짠 훈련 스케줄은 바뀌지 않았다.

숙소 밖에서 스트레칭을 하고 있던 태식이 용덕수가 분한 듯 콧김을 거칠게 내뿜으며 다가오는 것을 발견하고 의아한 시선을 던졌다.

"너, 표정이 왜 그래?"

1군 승격 통보를 받고서 잔뜩 들떴던 용덕수였다. 그런데 불과 하루 만에 용덕수는 잔뜩 기가 죽어 있었다.

"그냥요."

"왜? 잠자리가 바뀌어서 잠을 못 잤어?"

"그게 아니라……."

"그럼 사인 못 받았어?"

"그것도 아니고요."

연신 한숨을 내쉬던 용덕수가 잠시 뒤 함께 방을 쓰는 김일중과 사이에 있었던 이야기를 털어놓았다.

"선배만 아니었으면 한 대 쳤을 텐데."

분한 기색을 감추지 못하는 용덕수에게 태식이 말했다.

"잘 참았네."

"하지만……."

"나 때문이야."

"네? 그게 무슨 말씀이세요?"

"내가 1군에 올라온 게 마음에 안 들어서 나하고 친하게 지내는 너한테도 괜히 텃세를 부리는 거야."

"형이 왜요? 형이 잘못한 것도 없는데."

"잘못한 게 있어."

"뭘 잘못하셨는데요?"

"그동안 야구를 못했지."

"……?"

"허송세월하느라 나이만 많이 먹었고."

태식이 쓰게 웃으며 대답했다.

불편한 존재!

여러 팀을 전전한 경험이 있기에 태식이 누구보다 잘 알았다.

야구를 잘하지 못하고, 나이만 많은 선배가 기존 팀원들에게 얼마나 불편하게 느껴지는 존재인가를.

그래서 텃세를 부리면서 자신을 자꾸 밀어내려고 하는 것이었다.

"그게 형 잘못이라는 게 말이 됩니까?"

"웃기는 이야기지만 말이 돼. 그리고 넌 야구도 못하고 나이만 많은 형이랑 친하게 지내는 잘못을 범했고. 아직 안 늦었어."

"뭐가요?"

"나와 친하게 지내지 않으면 넌 텃세에서 벗어날 수 있어."

"싫은데요."

"응?"

"저런 한심한 인간들보다는 형이 백배, 아니, 천배 더 좋은데요."

태식이 씩 웃었다.

용덕수는 의리가 있는 편이었다.

역시 자신이 사람 보는 눈은 있다는 생각이 들어서 흐뭇하게 웃던 태식이 슬쩍 농담을 던졌다.

"저런 한심한 인간들에게 사인받고 싶어 했던 게 누구였더라?"

"네, 제가 병신 같았습니다. 인정해요, 인정해."

"덕수야."

"말씀하세요."

"이 텃세를 극복할 수 있는 방법을 알려줄까?"

"어떤 방법인데요?"

"간단해. 야구를 잘하면 돼."

이게 정답이었다.

나이? 경력? 출신?

이딴 것은 하등 중요치 않았다.

프로의 세계는 냉정했고, 냉정한 프로의 세계에서 살아남기 위한 방법은 가진 바 실력을 증명하는 것뿐이었다.

"감히 텃세를 부릴 엄두를 내지 못할 정도로 야구를 잘하면 돼."

태식이 말을 마쳤지만, 용덕수의 표정은 밝아지지 않았다. 그리고 한숨과 함께 볼멘소리로 대답했다.

"간단하지 않은데요."

"응?"

"제일 어려운 방법 같은데요."

앓는 소리를 하고 있는 용덕수의 어깨를 툭 치며 태식이 말했다.

"그러니까 훈련하자."

18. 도박수

마경 스왈로우스와 교연 피콕스의 3연전.

현재 리그 순위 8위와 4위의 맞대결이었다.

그렇지만 두 팀의 격차는 크게 벌어지지 않은 상태였다.

아직은 시즌 중반에 불과했고, 중위권 싸움이 치열한 상황이라 순위는 4계단의 차이였지만, 승차는 5게임에 불과했다.

언제든지 추격이 가능한 상황!

해서 강상문 감독은 스윕을 노렸지만, 경기는 그의 뜻대로 흘러가지 않았다.

3연전 첫 경기는 우천으로 순연됐다.

두 번째 경기에서는 팀의 에이스인 외국인 투수 닐슨 카메론을 선발 출전시켰지만, 팽팽한 투수전 끝에 1 : 2로 석패했다.

마경 스왈로우스는 이날 패배로 5연패에 빠졌고, 만약 3연전 마지막 경기까지 내주면 6연패의 늪에 빠지는 것이었다.

그뿐 아니라 중위권과의 격차가 더욱 벌어지면서 일찌감치 가을 야구에서 멀어질 수도 있는 상황이었다.

해서 강상문 감독은 교연 피콕스와의 3연전 마지막 경기를 앞두고 일찌감치 총력전을 예고했다.

감독의 의중을 읽었기 때문일까.

경기를 앞둔 더그아웃의 분위기는 비장하기까지 했다.

선발 라인업에 이름을 올리지 못한 태식이 더그아웃에 앉아 있을 때, 용덕수가 감탄한 표정으로 다가왔다.

"확실히 분위기가 다르긴 하네요."

1군 무대와 2군 무대!

퓨처스 리그는 야구팬들의 관심도 덜한 데다가 낮 경기가 대부분이어서 관중들이 거의 없었다.

그러나 1군 선수들이 뛰는 KBO 리그는 확실히 달랐다.

일만 명이 넘는 관중들이 경기장 가득 들어차 있었고, 아직 경기가 시작되기 전임에도 그라운드는 뜨겁게 달궈져 있었다.

"적응하는 데 시간 좀 걸릴 거야."

"그럴 것 같아요."

"긴장돼?"

"아직은 괜찮은데… 만약 제가 그라운드에서 직접 뛴다고 생각하면 엄청 긴장될 것 같습니다."

이건 태식도 어떻게 해줄 수 없는 부분이었다.

오직 시간과 경험만이 해결해 줄 수 있는 문제였다.

태식이 빈틈없이 들어차 있는 1루 측 관중석을 물끄러미 바라보고 있을 때, 용덕수가 질문을 던졌다.

"오늘 경기 잡아서 연패를 끊을 수 있을까요?"

"해봐야 알겠지."

"오늘 경기는 꼭 잡았으면 좋겠네요."

"왜?"

"숨 막혀서요."

용덕수가 인상을 쓴 채 대답하는 것을 들은 태식이 실소를 터뜨렸다.

숨이 막힌다는 용덕수의 표현대로, 연패에 빠진 마경 스왈로우스의 더그아웃 분위기는 심각할 정도로 경직되어 있었다.

"앞으로 더 숨이 막힐 것 같은데."

"네? 왜요?"

"왠지 질 것 같거든."

선발투수의 면면, 양 팀의 분위기, 상대 전적 등등.

여러 가지 요인들을 토대로 분석한 결과, 오늘 경기가 교연 피콕스에게 유리한 것은 분명한 사실이었다.

물론 변수는 존재했다.

'나와 덕수!'

태식이 생각하는 오늘 경기의 변수는 자신과 용덕수였다.

마경 스왈로우스가 연패를 당하는 사이에 펼쳤던 이전 경기들과 차이를 만들어낼 자신이 태식은 있었다.

그렇지만 문제는 강상문 감독의 의중이었다.

일단 경기에 출전을 해야 어떤 변수를 만들어낼 수 있을 텐데, 아직까지는 출전 여부를 확신할 수 없었다.

"덕수야."

"네."

"오늘 경기의 승패도 중요하지만, 그것보다 더 중요한 건 우리가 언제 경기에 출전하는가 여부야."

"그건 그렇죠. 저희는 언제쯤 출전할 수 있을까요?"

"멀지 않았어."

"정말요?"

"빠르면 오늘 경기, 늦어도 다음 3연전 가운데 한두 경기에는 출전할 거야."

"그렇게 빨리요?"

믿기지 않는다는 표정을 짓고 있는 용덕수를 바라보던 태식이 덧붙였다.

"개인적으로는 오늘 경기에서 졌으면 좋겠다."

"왜요?"

"전에도 말했듯이 성격이 급하거든."

"네?"

"감독님 말이야. 원래 성격이 무척 급한 편이거든. 게다가 팀이 연패의 수렁에 빠져 있어서 마음이 더욱 조급해진 상황이지. 그런데 오늘 경기까지 패색이 짙어지면 어떻게 될 것 같아? 이 난관을 타개할 수 있는 방책을 필사적으로 찾을 거야. 그리고 그 방책을 찾으면, 바로 꺼내 들 거야."

"그 방책이 뭘까요?"

"라인업 변화!"

"그럼?"

"경기 후반부까지 마경 스왈로우스가 교연 피콕스에게 뒤지고 있다면, 우리가 경기에 나설 확률이 높아."

비로소 이해한 걸까?

긴장한 표정으로 마른침을 꿀꺽 삼키는 용덕수를 힐끗 살핀 태식이 그라운드로 고개를 돌렸다.

*   *   *

0 : 1.

한 점 뒤진 채로 경기가 8회에 접어든 순간, 강상문이 손바닥에 흥건히 고인 땀을 바지에 닦았다.

선발투수로 나선 이안 라이트가 7이닝 1실점으로 역투를 펼쳤지만, 문제는 타선의 침묵이었다.

그리고 타선이 침묵하는 것은 오늘 경기만이 아니었다.

5연패의 수렁에 빠진 동안, 타선은 전혀 힘을 쓰지 못했다.

"역시 타선은… 기복이 너무 심해!"

한 경기에 무려 10점 이상을 뽑아냈다가, 다음 경기에서는 단 한 점도 내지 못하는 경우도 다반사였다.

속된 말로 미친년 널뛰듯이 기복이 심한 타선!

공격 야구는 분명히 매력적이었다.

매력적인 공격 야구는 팬들을 환호하게 만들며 경기장으로 불러들여서 입장권 수익도 분명히 늘어날 터였다.

그렇지만 공격 야구로 우승을 할 수는 없었다.

야구는 투수 놀음이란 말이 괜히 생긴 것이 아니었다.

'수준급 선발투수가 필요해.'

8회 초에도 마운드에 올라가서 낙차 큰 커브를 앞세워 세 타자를 모두 범타로 처리하고 내려오는 이안 라이트는 믿음직스러웠다.

그러나 문제는 다음 3연전이었다.

현재 마경 스왈로우스에는 두 명의 외국인 투수 외에 확실히 승리를 책임질 수 있는 선발투수들이 없었다. 그래서 더욱 수준급 선발투수에 대한 갈증을 느끼던 강상문의 표정이 일그러졌다.

8회 말, 타석에 선 타자들은 여전히 무기력했다.

교연 피콕스의 필승조인 김기철의 싱커에 속수무책으로 농락당하며 삼자범퇴로 물러났다.

9회 초, 이안 라이트는 2사 2루의 위기를 넘기며 끝까지 경기를 책임졌다.

이제 남은 것은 9회 말 마경 스왈로우스의 공격뿐!

예상대로 교연 피콕스는 팀의 마무리 투수인 임창모를 마운드에 올렸다.

"6연패에… 빠지는 건가?"

리그 최고의 마무리 투수 중 한 명인 임창모를 상대로 2점을 뽑아내서 역전을 만드는 것은 쉬운 일이 아니었다.

더구나 집단 슬럼프에 빠져서 침체된 타선을 떠올리니 더욱 어렵게 느껴졌다.

'기적이 벌어져야 해!'

6연패를 당할 위기를 목전에 둔 강상문이 혀를 내밀어 바싹 말라 버린 입술을 적셨다.

오죽 급하고 답답하면 기적을 찾을까?

강상문이 한숨을 내쉴 때, 9회 말의 선두 타자로 타석에 들어선 3번 타자 정현준이 타격했다.

"딱!"

유격수 앞으로 굴러가는 평범한 내야 땅볼.

당연히 아웃이 될 거라고 생각했지만, 예상치 못했던 실책이 나왔다.

유격수의 송구가 짧았고, 원 바운드가 된 송구는 1루수가 내밀고 있던 글러브를 맞고 바닥을 굴렀다.

"세이프!"

1루심이 세이프를 선언한 순간, 강상문이 깍지를 꼈다.

기적을 바랐던 것이 통했을까?

수비 실책으로 무사 1루의 찬스가 만들어졌고, 타순도 좋았다.

4번 타자 최원우와 5번 타자인 짐 맥그리거로 이어지는 타순.

힘이 있는 타자들인 만큼, 큰 것 한 방만 터뜨려 준다면 극적인 역전승도 가능해진 상황이었다.

"자, 한 방 날려라!"

타석에 선 최원우를 보며 강상문이 주문을 외우듯 중얼거렸다.

현재까지 3할 초반대의 타율과 10개의 홈런을 기록한 최원우는 분명히 좋은 타자였다. 그래서 강상문이 기대했지만, 최원우는 그 기대에 부응하지 못했다.

부우웅!

원 볼 투 스트라이크 상황에서 임창모가 유인구로 던진 슬라이더에 방망이가 끌려 나가며 삼진으로 물러났다.

"진루타라도 쳤어야지."

머리를 긁적이며 더그아웃으로 돌아오는 최원우를 보던 강상문의 한숨이 깊어졌다.

아까도 말했듯이 최원우는 분명히 좋은 타자였다.

그렇지만 한 가지 약점이 있었다.

바로 찬스에 약하다는 것이었다.

2할대 초반에 머무르고 있는 득점권 타율.

최원우에게는 해결사 본능이 부족했다.

승부의 향방을 바꿀 수 있는 결정적인 찬스에서 해결하지 못하고 번번이 범타로 물러나는 최원우였기에, 좋은 타자라는 평가를 받고 있긴 했지만 빅 스타는 되지 못하는 것이었다.

부우웅!

그런 강상문의 미간이 더욱 찌푸려진 이유는 5번 타자 짐맥그리거 역시 유인구에 속아 삼진으로 허무하게 물러났기 때문이었다.

홈런 13개.

짐 맥그리거는 리그 홈런 순위 9위에 올랐을 정도로 장타력이 있었지만, 문제는 정확성이 떨어진다는 것이었다.

타율이 2할 3푼대에 머물고 있었고, 삼진과 볼넷 비율도 나빴다.

뜬금포!

오죽하면 마경 스왈로우스 팬들이 짐 맥그리거에게 이런 별명을 직접 붙여주었을까?

그럼에도 불구하고 강상문은 지푸라기라도 잡는 심정으로 짐 맥그리거의 뜬금포에 기대를 걸고 있었다.

그렇지만 그 기대는 이내 실망으로 바뀌었다.

'대타!'

9회 말, 2사 1루 상황에서 강상문은 대타 카드를 꺼내기로 결심했다.

'오용학?'

강상문의 머릿속에 퍼뜩 떠오른 이름!

장타력을 갖춘 오용학을 대타로 염두에 두고 고개를 돌렸던 강상문의 시선이 더그아웃 한편에 조용히 앉아 있던 김태식에게서 멈추었다.

"도박을… 한번 해봐?"

대타 카드로 가장 먼저 오용학을 떠올렸지만, 자신이 꺼내는 대타 카드가 성공할 거라는 확신은 없었다. 그리고 김태식과 시선이 마주친 순간, 퓨처스 리그 경기에 출전했던 김태식이 리그 정상급 투수인 양현일을 상대로 홈런을 터뜨리던 모습이 자연스레 떠올랐다.

'비난이 심할 텐데!'

지금 이 중요한 시점에 막 1군으로 승격한 김태식을 대타로 기용하는 것은 말 그대로 도박수였다.

만약 김태식을 대타로 기용했다가 실패한다면, 오용학을 대타로 기용했다가 실패한 것보다 훨씬 큰 비난에 직면할 가능성이 높았다. 그러나 비난받을 것을 감수한 채 강상문은 도박을 하기로 결심했다.

"김태식, 대타로 나간다!"

미리 예상하기라도 했던 걸까.

전혀 당황한 기색 없이 김태식이 벌떡 일어났다.

『저니맨 김태식』 2권에 계속…